Vanessa Walder

Die Unausstehlichen & ich
Das Leben ist ein Rechenfehler

Vanessa Walder

Die Unausstehlichen & ich

Das Leben ist ein Rechenfehler

Illustrationen von Barbara Korthues

Loewe

FÜR MARLENE

INHALT

FÜR DR. MERGEN

Okay, okay, ich weiß – diesmal hab ich so richtig [redacted] gebaut. Aber es war nicht so, wie's aussieht! Nicht alles. Die Halbach und die Polizei haben echt den [redacted] offen! Ich mein: Einbruch! Urkundenfälschung! Kidnapping! Hallo, geht's noch? Drogen hab ich nicht geschmuggelt? Oder 'ne Atombombe gebaut? Alles [redacted] hoch zehn!

Ich erzähl Ihnen, was wirklich passiert ist. Die Wahrheit, die reine Wahrheit und so. Haben Sie verdient. Aber das is nur für Sie, damit das klar ist! Sie haben gesagt, es gibt so ein Verschwiegenheitsdings zwischen Arzt und Psycho … äh, Patient. Okay. Hier is die ganze Geschichte. Dafür kümmern Sie sich drum, dass keiner von den anderen Ärger kriegt und dass ich nicht von der Schule fliege, weil das wär echt voll unfair, nach allem, was hier abgegangen ist. Und ich erzähl keine einzige Lüge. Weil Lügen und Geheimnisse gibt's hier echt schon genug. Wie sieht's aus, Doktor? Deal?

Ach so: Schimpfwörter. Ich weiß, das ist gegen die Regeln, Fluchen und so, aber ich kann nicht die Wahrheit sagen und dabei nicht fluchen. Und das mit den 50 Cent Strafe für jedes Schimpfwort ist echt total [redacted]! Von mir aus streich ich die schlimmsten Wörter nachher wieder durch. Is aber 'ne [redacted] Arbeit, das sag ich Ihnen!

Wo fang ich an? Ich bin Enni. Enni Alser, elf Jahre alt und im Moment ziemlich am [redacted]. Aber das ist nich der Anfang. Es fängt bei Noah an. Alles fängt bei Noah an.

NOAH

Noah ist mein Bruder. Also wir sind nicht verwandt oder so, aber das ist nicht wichtig. Weil vor Noah war alles mega [redacted]. Sie wissen ja, wie's läuft, wenn man keine Familie hat. Du kommst entweder ins Heim, in eine betreute Wohngemeinschaft oder zu einer Pflegefamilie. Davon gibt's solche und solche. Ich kenn mich aus damit. Du kannst Glück haben und die Leute sind cool. Oder du kriegst die anderen, die [redacted]. Dann läuft was nich so glatt, wie die das gern hätten – und zack! weg bist du: in die nächste WG, zu den nächsten Pflegis und so weiter. Und irgendwas läuft immer schief. Is so. Auch in normalen Familien, oder? Aber ihr echtes Kind geben die Leute halt nicht weg. Nicht

mal, wenn's der volle Psycho ist. Ja, ich weiß, das Wort finden Sie [redacted]. Schon gut, ich sag's nicht mehr.

Vor einem Jahr haben die mich zu den Haagens gesteckt, in Berlin. Raten Sie mal, wie viele Pflegekinder die gehabt haben? Eins! Mich! Sonst keins. Ist mir noch nie passiert, so was. Sonst waren wir immer drei, manchmal fünf. Aber nicht bei den Haagens. [redacted], ein eigenes Zimmer nur für mich! Die haben sogar gefragt, was meine Lieblingsfarbe ist, weil sie's neu streichen wollten. Ich hab dann gesagt: Weiß, damit sie nich so 'n Aufriss machen wegen mir. Die Wohnung war megaschön – immer sauber, immer frische Blumen in den Vasen, immer Eislutscher in der Tiefkühltruhe. Und ein eigenes Handy für mich. Nicht gebraucht, nicht irgendein Schrott oder so 'n Uraltteil, wie Sie's haben – nee, das neueste mit Apfel drauf. Hat ein Vermögen gekostet, sag ich Ihnen! Reinster Luxus. Die waren echt super. Da gab's auch nicht so ein Getue mit Pseudogrinsen. Die waren einfach richtig nett. Ich war ihr allererstes Pflegekind überhaupt, [redacted] noch mal! War Noahs Idee, das Ganze. Er hat irgendwann zu seinen Eltern gesagt: „Is euch schon mal aufgefallen, dass bei uns locker noch drei Leute wohnen könnten? Wir würden's nicht mal merken."

Drei Leute, das war den Haagens zu viel, aber mit einem Pflegekind waren sie einverstanden. Damit Noah so was wie Geschwister hat. Wir sehen auch beinah aus wie Geschwister: beide braune Haare und Augen, kleine Nasen und Ohren, dafür große Münder. Nur bin ich einen Kopf kleiner als Noah und so viel leichter, dass er mich tragen kann. Das kommt vom vielen Sport. Er spielt Fußball, fährt Snowboard und Skateboard, macht Judo und Karate. Daran merkst du auch, dass die echt Kohle haben, die Haagens.

Die sind aber trotzdem okay. Und Noah, der is mehr als okay. Er ist überhaupt nicht arrogant oder so. Vor einem Jahr war er elf, wie ich jetzt. Da haben wir uns zum ersten Mal gesehen … Ich sitz bei seinen Eltern im Wohnzimmer und wir reden so. Die sind total freundlich, ich [redacted] freundlich – das ist immer so am Anfang, damit die sich's nicht gleich wieder anders überlegen. Ich lass mir nicht anmerken, dass ich unsicher bin wegen der großen Wohnung und den Keksen – es gab Kekse – und weil die so nett sind. Da kommt Noah aus der Schule, guckt mich an und grinst: „Du bist Enni? Na, hoffentlich bist du kein totales [redacted]."

„Noah!" Seinen Eltern war's megapeinlich, aber ich hab gelacht. Ich mag's, wenn einer sagt, was er denkt. Und wenn er dabei grinst wie Noah, dann sind wir schon fast Freunde.

Wenn Noah lacht, kräuselt sich seine Nase, seine Augen werden schmal und die untere Hälfte von seinem Gesicht ist nur noch blitzeweiße Zähne. Seine Eckzähne sind spitz, darum sieht er aus wie ein lachender Wolf. Mal ehrlich – wer mag keine lachenden Wölfe? Eben.

Also hab ich ihn auch angegrinst und gesagt: „Ein totales [redacted] bin ich nur, wenn mich einer provoziert."

Und das stimmt auch, das war schon immer so. Wenn Leute nett zu mir sind, dann bin ich auch nett. Oder ich lass die zumindest in Ruhe. Aber wenn sich wer benimmt wie das letzte [redacted], dann seh ich rot. Ich weiß, das sagen die meisten Leute, aber bei mir ist das in echt so. Dann kribbelt's auf der ganzen Kopfhaut, ich hab so ein Rauschen in den Ohren wie am Meer und alles läuft rot an. So, wie wenn mir rote Farbe in die Augen tropft und dort zerrinnt. Mein Herz schlägt so rasend schnell, dass ich immer denke: Jetzt schießt mein Blut mit so viel Druck rum wie das Wasser in einem Feuerwehrschlauch. Und dann denk ich nicht mehr.

Die Gedanken hören plötzlich auf. Was dann passiert, erzählen mir immer die anderen. Dass ich ein Fenster zerschlagen hab oder einen Mülleimer zertreten oder dass ich auf so einen [redacted] Voll[redacted] losgegangen bin, der zwei Köpfe größer war als ich.

Aber normalerweise hab ich Zeit zu rechnen. Ich mag

Rechnen. Ich schau mir die Sache von allen Seiten an. Was bisher passiert ist und was passieren wird, wenn ich das oder das mache. Das ist quasi Mathe. Du setzt für x die Zahl ein und kriegst das Ergebnis. Oder du setzt eine andere Zahl ein und kriegst ein komplett anderes Ergebnis. Und dann seh ich, wie die Geschichte bei all den verschiedenen x-en ausgeht.

Zum Beispiel: Wir haben diesen Mathelehrer gehabt, den Eisner. Der war am Anfang supernett und dann hat er so dunkle Ringe um die Augen gekriegt und hat uns angebrüllt wegen nichts. Erst haben wir gedacht, der ist gebissen worden – Rattenpest oder so. Irgendwer hat dann rausgefunden, dass die Frau vom Eisner sich hat scheiden lassen. Jedenfalls: Ab da war er das totale [redacted]. Mir war's eigentlich egal. Ich bin ja gut in Mathe, mir hat der nie was gekonnt. Aber dann war's so heiß, irgendwann im Mai, und in der Schule gehen die Fenster nicht auf. Es hat schon so gerochen wie in der Umkleide von den Jungs nach dem Fußball – reif, kurz vor Kotzen.

Vor mir saß Sophie, die ist nicht gut in Mathe, und die hat eine Flasche Wasser rausgeholt und getrunken. Darum hab ich meine Cola rausgekramt und auch getrunken. Daraufhin ist der Eisner ausgetickt. Sophie hat geheult. Hat aber nichts geändert, der Eisner hat weitergebrüllt, keine Ahnung, was. Ich hab überlegt. Hab mir das x angeguckt. Das x war das, was ich machen könnte. Fang ich einen Aufstand an? So von wegen Menschenrechte und Schüler vertrocknen? „Dafür kommen Sie in die Zeitung, Eisner!“, hätt ich brüllen können. Oder: „Ich verklag Sie, Sie alter [redacted]!“

Fair war's nämlich wirklich nicht, dass wir nichts trinken durften. Ich mein, es war echt heiß und wir haben Durst gehabt. Ich hab's in meinem Kopf schon gesehen, wie ich aufstehe und zurückbrülle, meine Cola rumgehen lasse und jeder nimmt einen Schluck. Ich hätte eine mega Sache draus machen können, bis die anderen in der Klasse mitbrüllen. Bis der Eisner uns alle, einen nach dem anderen, zum Direktor schleift. Und der ruft dann unsere Eltern an und meine Pflegis, die Haagens. Ich hab schon gesehen, wie die richtig traurig gucken, weil ich wieder [redacted] gebaut hab. Aber in der Schule wär ich die Heldin gewesen, ein paar Wochen lang. Ein [redacted] Battle: Fünftklässlerin gegen Mathelehrer!

Nur: Der Eisner hat ja nicht gebrüllt, weil es heiß war, und er hat auch nicht gebrüllt, weil Sophie Wasser getrunken hat. Der hat gebrüllt, weil sein Leben im [redacted] war. Gegen so einen gewinnst du nicht, weil, der hat schon verloren. Also bin ich aufgestanden, und als er mich angeschaut hat, so schnaufend und mit rotem Kopf, da hab ich gesagt: „Es tut mir leid, dass ich nicht vorher gefragt hab, Herr Eisner." Und Sophie hat geschluchzt: „M-m-mir auch." Da hat er aufgehört zu schreien und uns nur angestarrt. Und dann hat's zur Pause geläutet und wir haben alle was getrunken und keiner war beim Direktor und keiner war traurig. Außer vielleicht der Eisner, aber das war der ja vorher schon.

Verstehen Sie, was ich meine? Ich seh nicht immer rot und geh ab wie 'ne Handgranate. Ich weiß, was in Ihrer dicken Akte steht über mich, und das stimmt einfach nicht.

Übrigens – das Schloss an Ihrem Aktenschrank da, das ist total für'n [redacted], nur so als Info. Da kommt ein Kleinkind mit 'ner [redacted] Büroklammer rein.

Wär schön, wenn Sie sich das merken könnten – nicht das mit dem Schrank, das mit der Handgranate, bevor ich Ihnen erzähle, was dann passiert ist. Acht Monate lang war nämlich alles gut. Ja, okay, Noah und ich haben manchmal Ärger gekriegt. Aber nix Schlimmes, so Kleinzeugs halt. Das, was alle machen.

Einmal haben wir den Pudel von der Nachbarin rasiert. Die hatte so einen fluffigen weißen Wolkenpudel und dem haben wir die Wattebäusche abrasiert mit dem Elektrorasierer

von Noahs Papa. Das war aber keine Tierquälerei oder so! So was hätten wir nie gemacht, einem Tier wehgetan! Ich hab den Kleinen gestreichelt und gefüttert und der war voll glücklich und hat mit 'm Schwanz gewedelt und alles. Nur die Nachbarin, die war nicht glücklich. Sie hätte uns aber nie erwischt, wenn wir nicht vergessen hätten, den [redacted] Rasieraufsatz sauber zu machen. Da waren noch weiße Wuschelhaare drin. Wir haben's auch nicht ohne Grund gemacht: Eine Woche vorher hat die Nachbarin gesehen, dass Noah die erste Stunde geschwänzt hat, und ihn bei seinen Eltern verpetzt. Ich mein, [redacted] – wer macht so was?

Und dann war da die Sache mit dem Schnee im Juni. Das war meine Idee. Also, Noah spielt Fußball in der Schulmannschaft. Früher, mein ich, in unserer alten Schule in Berlin, auf die Noah und ich gegangen sind. Ich in die fünfte, Noah in die sechste. Jedenfalls hat der Kapitän von einer anderen Schulmannschaft, der vom Bergmann-Gym, der hat Noah gefoult. Richtig fies. Noah hat sich den Knöchel verletzt und drei Wochen nicht spielen können. Also hat Noah gesagt, er geht zu dem nach Hause und tritt dem [redacted] gegen den Knöchel, bis der auch nicht mehr spielen kann. Hm. Ja. So sind Noahs Pläne. Meiner war besser.

Ich hab gewartet, bis die Mannschaften wieder gegen-

einander gespielt haben. Den Kapitän von der anderen Mannschaft haben immer seine Eltern mit dem Auto zum Spiel gefahren. Also hab ich mir das Auto von dem gemerkt und bin zu dem Typen nach Hause. Zehn Minuten bevor die losfahren mussten, hab ich die Windschutzscheibe, alle Autofenster und das Rückfenster mit Kunstschnee eingesprüht. Kennen Sie den? Eine von meinen Pflegemüttern hat das mal vor Weihnachten gemacht, so Schnee aus der Dose und dann Schablonen ans Fenster gehalten und Sterne und Schneemänner draufgesprüht. Und im Februar war sie wild wie Hornissen auf Koks, weil das Zeug so schwer wieder abgeht von der Scheibe. Das hat der Vater vom Kapitän auch gemerkt und geflucht und gegen die Reifen getreten und alles.

Sein Sohn hat sich noch das Fahrrad geholt und ist zum Spiel, aber trotzdem zu spät gekommen. Noah sagt, der war so sauer, dass er dauernd gefoult hat und nicht mal heimlich. Der Schiedsrichter hat ihn vom Platz geworfen.

Eigentlich wären wir mit der Sache davongekommen. Aber bevor der Kapitän vom Platz geflogen ist, da hat Noah so was gesagt wie: „Na, hat's geschneit?"

Und dann war klar, wer dahintersteckte. Die Haagens waren echt traurig. Das ist schlimmer als wütend, weil Wütendsein geht wieder weg, Traurigsein setzt sich irgendwie fest. Das kriegst du genauso schwer ab wie Schnee aus der Dose. Das war nicht der einzige Grund für das, was danach kam, aber geholfen hat's sicher nicht.

Der Hauptgrund war Ralfs Arbeit. Ralf ist Herr Haagen, Noahs Vater. Er macht irgendwas mit Maschinen für Bauarbeiten, also er erfindet die und kriegt [redacted] viel Kohle dafür. Aber seine Firma muss umziehen, irgendwas wegen Steuern, und Ralf muss mit, klar.

Wir sitzen also alle im Wohnzimmer, die Haagens und ich. Da, wo wir uns kennengelernt haben, vor acht Monaten. Noah merkt erst nichts. Der denkt, seine Eltern wollen über den nächsten Urlaub in Italien reden oder übers Taschengeld oder so. Aber ich merke es sofort. Es geht nicht um den [redacted] Urlaub und nicht ums [redacted] Taschengeld. Es geht auch nicht darum, dass wir was ausgefressen haben. Woran ich das merke? Die Luft ist anders, sie riecht, wie wenn du eine alte Glühbirne anmachst – nach verbranntem Staub. Die Haagens stehen unter Strom, vielleicht brennt deshalb die Luft. Ich kenn solche Gespräche. Noah nicht. Er lümmelt auf seinem Sessel und ist nicht so interessiert. Wir haben Computer gespielt, und er ist sauer, dass wir aufhören mussten.

„Wir müssen euch was sagen", fängt Leah an. Leah ist Noahs Mutter. „Es fällt uns wirklich nicht leicht."

Sie guckt zu Ralf rüber. Das macht sie immer, wenn sie will, dass er übernimmt, weil ihr was zu schwer ist. Es ist [redacted] ernst, das ist klar.

„Ihr wisst ja, dass meine Firma umzieht", sagt Ralf dann auch brav. Er atmet irgendwie angestrengt. Klar, die Luft ist ja verbrannt. „Wir ziehen in die Schweiz."

Noah setzt sich auf, jetzt ist er interessiert. „In die Schweiz? Zu den Kühen? Was soll'n wir denn da?"

Ich atme nicht mehr. Ich hab's schon gehört. Das, was sie noch nicht gesagt haben. Dieses „Wir", von dem sie reden, das hat drei Buchstaben. Drei Buchstaben für drei Leute. Ich bin nicht mit drin in dem Wir. In meinen Ohren höre ich schon das Rauschen, aus der Ferne noch, aber die ersten roten Tropfen verlaufen in meinen Augen.

Ich höre nicht, was die Haagens weiter sagen, nur dass Noah aufspringt und brüllt: „Ihr habt doch den [redacted] offen! [redacted], was soll das denn? Enni ist meine Schwester! Sie gehört zu uns! Sie ist kein [redacted] Hamster! Ihr könnt sie nicht einfach aussetzen!"

Seine Stimme verdrängt das Rauschen in meinen Ohren und das Rot in meinen Augen ein bisschen. Obwohl ich weiß, dass er falschliegt. Ich sitz nämlich da und merke, dass ich gar nichts einsetzen kann für das x. Für diese Geschichte gibt es nur einen möglichen Schluss und der steht längst fest. X kann nichts ändern, es gibt kein x. Die Haagens werden wegziehen und mich werden sie nicht mitnehmen. Ich komm zu neuen Pflegis. Ohne Apfelhandy und eigenes Zimmer, ohne Eislutscher und Blumen. Ohne Noah.

Er weiß es nicht, aber ich schon: Ich bin ein [redacted] Hamster. Klar werden sie mich aussetzen.

TOTE HASEN

Ich weine nicht. Nie. Ich verstehe auch nicht, warum andere heulen. Als Sophie wegen Herrn Eisner geflennt hat, hab ich mich gefragt, ob das Weinen so ähnlich ist wie bei mir das mit dem Rotsehen. Und ob der Druck dann aus einem rausgeht, wenn man heult. egal – ich kann's mir eh nicht aussuchen.

Nach der Schweizsache flenne ich auch nicht. Ich liege nur im Bett und starre an die weiße Wand. Für mich ist sie hellrot. Ich weiß schon so ungefähr, dass es um die Pudelgeschichte geht und um den Dosenschnee. Die Haagens haben Angst, dass Noah wegen mir Ärger kriegt. Ich bin halt kein guter Einfluss.

Als die Tür zu meinem Zimmer leise aufgeht, warte ich schon halb auf Noah.

„Hey, hey, Enni! Psst!"

Erst tue ich so, als würd ich schlafen. Ich will nich reden. Ich will nich hören, dass er auch traurig ist. [redacted], das weiß ich auch so. Und wenn du eh nichts machen kannst – wozu dann drüber reden?

„Los, komm!“, zischt Noah und rüttelt an meiner Schulter.

„Wohin denn?“

Er wird ungeduldig. Noah wird schnell ungeduldig. „Na, weg. Wir hauen ab. Beeil dich.“

Ich seh, dass er einen Rucksack dabeihat. Also kram ich schnell meinen neuen Rucksack raus. Der war für den Wanderurlaub in Südtirol. Den machen sie jetzt ohne mich. Ich stopf ein paar Sachen rein, ohne nachzudenken. Sonst würde ich all die Löcher in seinem [redacted] Plan sehen. Und ihn fragen, warum er nach Lack riecht. Aber wenn ich rotsehe, funktioniert das Denken eben nicht. Also haun wir ab. Weg.

Es ist zwei Uhr nachts und wir laufen eine ganze Weile rum. Die Haagens wohnen in Charlottenburg, in der Nähe vom Kudamm. Da ist auch nachts noch ziemlich viel los. Wir gehen in ein Hotel. Noahs Großeltern haben da mal gewohnt, als sie uns besucht haben. Unten ist eine Eisdiele drin, die lang aufhat, aber wir laufen die Treppe rauf in den dritten Stock. Dort gibt es so eine Nische im Flur, wo ein Sofa und zwei Sessel stehen. Auf dem Sofa machen wir's uns gemütlich und schlafen.

HOTEL

Am nächsten Morgen weckt uns die Putzfrau.

„Äh … guten Morgen! Keine Sorge, alles gut“, sagt Noah und lächelt sein Wolfslächeln. „Unsere Eltern haben uns bloß rausgeschmissen.“ Dabei deutet er mit dem Daumen auf eine Zimmertür. „Wir waren zu laut.“

Damit ist sein Plan zu Ende. [redacted], er hat nicht mal dran gedacht, Geld mitzunehmen. Also schleichen wir uns in den Frühstücksraum und futtern. Da haben wir jeder schon dreißig Voicemails von den Haagens auf dem Handy. Ich warte bis nach dem Frühstück. Bis das Rauschen leiser ist.

„Noah?“

„Hmm?“ Niemand kann so futtern wie Noah. Er hat die [redacted] Würstchen vom Büffet im Alleingang verdrückt, dazu eine Riesenportion Eier und extra Pfannkuchen. Wahrscheinlich wächst er deshalb wie verrückt.

„Du hast rote Farbe an den Händen“, stelle ich fest.

„Geht nich ab.“

„Noah … Was machen wir denn jetzt?“ Irgendwie hoffe ich, dass er darauf eine Antwort hat.

Er grinst mich mit dem Wolfsgrinsen an. „Was wir wollen, Enni-Baby! Wir sind frei! Warst du schon mal in Italien?“

Ich will so gern zurückgrinsen und es glauben. Wenigstens eine Minute lang. Dass wir beide einfach durch die

Welt reisen können. Ich war nie in Italien, aber ich kenn Fotos – von Zypressen und Lavendel, von Marmorstatuen ohne Arme und vom Meer, türkis oder tiefblau. Wenn ich's nur schaffen könnte, ihm zu glauben. Ich kann es schon fast spüren: die Sonne auf unseren Nasen und das Salzwasser um unsere Füße. Das Problem ist: Ich kann gut Lügen erzählen, nur selber glauben kann ich sie nicht. Natürlich schaffen wir's nicht nach Italien. Wir sind elf und zwölf Jahre alt! Keine [redacted] Chance!

„Ich hab keinen [redacted] Pass", sage ich. „Und wir haben null Kohle."

Noah schiebt noch einen Pfannkuchen in den Mund. „Brauchst du nich. Pass. Is EU!", nuschelt er mit vollem Mund.

Da hat er recht. Für Italien braucht man keinen Pass, wenn man nicht so doof ist und mit dem Flugzeug hinfliegt. Die Haagens werden mit dem Auto hinfahren. Für die Schweiz braucht man einen Pass. Das geht mir in dem Moment das erste Mal auf.

„Und wie kommen wir dahin, ohne Geld?", frage ich weiter.

„Wir fahren schwarz. Mit der Bahn." Noah bleibt völlig unbeeindruckt.

Jetzt muss ich doch grinsen. „Tausend Kilometer?"

„Wie kommst 'n jetzt auf tausend Kilometer?"

„Na, so weit ist es von Berlin nach Meran, du [redacted]. In Südtirol", erkläre ich ihm. „Ich hab nachgeguckt wegen dem Wanderurlaub."

Noah hört auf zu kauen und starrt kurz auf seinen Teller. Jetzt hat er's auch kapiert. Dass ich nicht dabei sein werde, wenn er mit seinen Eltern wandern geht. Und dass er selber sehr wohl dabei sein wird. Er kommt nach [redacted] Italien. Ich nicht.

Danach hat er keinen Appetit mehr und wir hauen ab aus dem Hotel. Noah bedankt sich sogar noch bei der Kellnerin beim Rausgehen. [redacted]!

Wir gehen um die Ecke in den Tiergarten und legen uns unter einen Baum, um die Hasenbabys zu beobachten. Die sind im Sommer überall. Einmal haben wir ein Babyhäschen gefunden, mit dem war was nicht in Ordnung. Das lag in der Sonne und hat rasend schnell geatmet, Augen riesig weit aufgerissen. Noah hat Wasser über sein T-Shirt geschüttet und den Kleinen darin eingewickelt und ich hab irgendwann Mund-zu-Mund-Beatmung gemacht, aber irgendwie war schon klar, das wird nichts. Hilft auch nichts, wenn ich ihn aufpuste wie'n [redacted] Ballon – der Hase packt's nicht.

„Iiieh!" War so ein kleiner Junge, der mit seinen Eltern vorbeigegangen ist. „Mama, Mama, die lutscht an 'ner toten Ratte!"

Noah hat mir die Hand auf die Schulter gelegt.

„Der Junge hat recht, der Kleine stirbt, Enni." Ich hab's an seiner Stimme gehört, bevor ich's gesehen hab, dass er geweint hat. Noah hat meine Hand genommen und wir haben uns so hingesetzt, dass der Hase in unserem Schatten lag. Haben mit ihm gewartet. Dann ist seine Atmung ruhiger geworden.

„Vielleicht schafft er's ja doch!", hab ich noch geflüstert.

Und dann hat er nicht mehr geatmet, ist ganz weich geworden und die Augen starr. Wir haben ihn da beerdigt, wo die ganzen blühenden Büsche am Wasser stehen.

Danach haben wir immer Angst gehabt, dass die Hunde so'n kleinen Kerl fressen könnten, aber die sind ja schnell, die Hasen. Nur an diesem Tag auf der Flucht, da haben wir uns keine Gedanken um die Hasen gemacht.

„Ich hab Hunger." Noah. Klar.

Ich schnaube und verdrehe die Augen.

„Wir haben vor zwei Stunden gefrühstückt! Und du hast das halbe Büffet leer gefressen", sage ich. „Außerdem haben wir immer noch kein Geld."

Keine Ahnung, warum ich mitgehe. Ich weiß ja, dass es total doof ist. Trotzdem sind wir zu dem Kiosk am Stern, da wo alle Straßen aufeinandertreffen. Ab da ging alles ganz schnell ganz schief.

Natürlich kannst du an dem Kiosk am Großen Stern

einen Schokoriegel klauen. Aber du brauchst einen [redacted] Plan dafür. Noah hat keinen Plan. Nicht mal einen schlechten. Er geht einfach hin und bestellt [redacted] Würstchen. Ich stehe fünf Meter hinter ihm, beobachte ihn und frag mich, was er vorhat. Und dann das:

Als der Verkäufer sich umdreht und die Würstchen aus dem heißen Wasser holt, schnappt sich Noah einen Schokoriegel, lässt den Arm fallen und schiebt den Riegel in den Bund seiner Jeans. Merkt er nicht, dass die Touristen neben ihm, die Frau mit Kinderwagen, die Frau mit Hut und der Mann mit Hund das sehen? Die stehen alle vor dem Kiosk

und warten, dass sie drankommen. Der Verkäufer dreht sich wieder um, die Würstchen in der Hand, und hält sie Noah hin:

„Dreifuffzich."

Noah tut so, als wollte er Geld aus den Jeanstaschen ziehen, findet es nicht, runzelt gespielt die Stirn. Nicht gut. Nicht [redacted] gut!

„Oh, ich hab mein Geld vergessen. Tschuldigung", murmelt er. „Ich hol schnell was von meinen Eltern."

[redacted]! [redacted]! [redacted]! Meine Brust zieht sich zusammen.

Noah dreht sich um, sieht mich an, schon siegessicher, das Wolfsgrinsen im Anflug, macht einen Schritt auf mich zu – da packt ihn ein Tourist an der Schulter.

„Hey! Du hast einen Schokoriegel genommen", sagt der Mann empört.

Noah sieht ihn an, sieht mich an, zieht den Riegel aus dem Hosenbund – und wirft ihn zu mir.

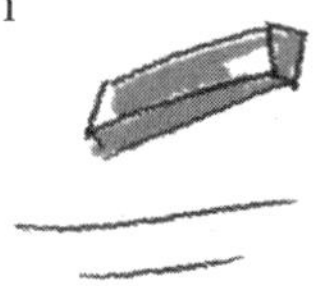

„Lauf, Enni, lauf!", brüllt er.

Dass ich den [redacted] Riegel fange, ist keine Absicht. Noah wirft einfach zu [redacted] gut. Ich weiß, dass es [redacted] dämlich ist! Würde ich einen Film sehen, in dem die Hauptfigur

einen gestohlenen Schokoriegel fängt, nachdem der Diebstahl schon aufgeflogen ist, dann würd ich mir denken: Warum gibt sie den nicht einfach zurück und alles ist gut? Aber das ist kein [redacted] Film.

Ich fang den [redacted] Riegel auf – und alle drehen sich zu mir um. Sämtliche Touristen, die Frau mit Kinderwagen, die mit Hut, der Mann mit Hund und der Verkäufer. Dann passiert erst mal gar nichts, keiner bewegt sich. Wir schauen einander an, und alle warten darauf, dass einer als Erster irgendwas macht. Es ist der Verkäufer.

„[redacted]!“, brüllt er, wirft sich zur Seite und springt durch eine Tür. Natürlich stürmt er nicht auf Noah zu, weil den hat ja der Tourist im Griff, sondern auf mich! Weil ich den [redacted] Riegel hab. Und was mach ich? Ach, Sie wissen's doch, steht alles in der fetten Akte:

Ich dämlicher [redacted] renn los.

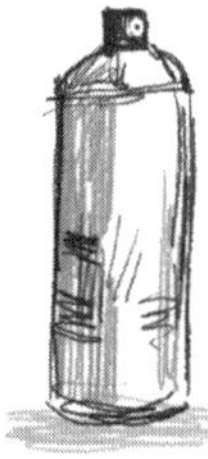

ALLES ROT

Bei der Polizei sag ich erst mal gar nichts. Dabei ist der Polizist echt solide. Guter Typ. Einer, den ich mögen würde – wenn er mich nicht mitten im Tiergarten vor tausend glotzenden Leuten [redacted] umgerannt und verhaftet hätte.

Dirk Marwick heißt er, hat er gesagt. Aber ich soll ihn Dirk nennen. Er ist ungefähr so alt wie Noahs Vater. Und schaut mich an, als würd's ihm leidtun, dass er mich erwischt hat. So, als würde er nur auf eine Entschuldigung warten, weil er mir eh schon verziehen hat. Auf solche Leute trifft man nicht so oft. Die, die irgendwie alles verstehen, weil sie schon alles gehört und alles gesehen haben. Weil sie wissen, dass jeder seine [redacted] Geschichte hat. So Leute, die kapieren, dass die Welt voller x ist und alles immer auch anders ausgehen könnte.

„Willst du wirklich nichts trinken?", fragt er noch mal.

Ich schüttle den Kopf.

„Cola, Fanta, Wasser?"

„Wodka", sag ich.

„Den sauf'n wir selber." Ohne mit der [redacted] Wimper zu zucken. Einen Berliner Polizisten kannst du halt nicht schocken.

„Sie wollen doch eh nur meine Fingerabdrücke auf der Flasche", sage ich.

Er lacht auf. „Genau. Für die CIA." Dann ist es vorbei mit den Witzchen, das sagt mir sein Ton: „Der Junge, der dabei war – der Verkäufer sagt, der war ungefähr vierzehn …?" Noah sieht älter aus. Das machen die Schultern, die hat er vom Sport. „Wer war das, hm? Dein Freund?" Er sieht mich prüfend an. „Nee, da biste noch zu jung für, wa? Ein Kumpel? Schulkamerad?"

Ich sage gar nichts. Wir sitzen in einem grauen Zimmer mit grauem Tisch und grauen Stühlen. Draußen ist es sonnig und es gibt ein Fenster, aber das [redacted] Licht ist auch [redacted] grau. Ich verschränke die Arme und starre aus dem [redacted] Fenster in den [redacted] Innenhof.

„Verstehe", sagt der Polizist. „Du willst deinen Kumpel nicht verpfeifen. Anständig von dir. Nur ist der Kerl fein raus und du sitzt bei uns. Ich seh jetzt nicht, dass der Bursche hier reinstürmt und ein Geständnis ablegt, um dich rauszuhauen. Dabei hat der doch den Schokoriegel geklaut, erst mal. Oder?"

„Nein."

Der Polizist hält kurz die Luft an. Er hat nicht erwartet, dass ich was sagen würde.

„Nein?", fragt Dirk nach. „Der Junge hat den Riegel nicht geklaut?" Seine Stimme klingt sonnig, als würde er dauernd sagen: So schlimm wird's schon nicht werden. Das wirkt beruhigend. Beruhigend ist schlecht. Wenn du mit einem Polizisten redest, solltest du [redacted] noch mal auf der Hut sein, immer.

„Ich meine: Es war kein Schokoriegel", sage ich. Das ist mir erst aufgefallen, als ich hingefallen bin und der [redacted] Riegel vor meiner Nase gelandet ist. Irgendwo im Gras im [redacted] Tiergarten. Als Dirk mich umgerannt hat. Und so ein paar [redacted] Touris applaudiert haben, als wär ich ein [redacted] Terrorist. Vor mir sind ein paar Hasenbabys unter einen Busch geflitzt. Und ich hab mir Sorgen um die [redacted] gemacht! Dabei waren die schnell genug – ich war's nicht.

„War ein [redacted] Nussriegel", erkläre ich.

„Okay", sagt Dirk. „Das ändert alles."

Wir grinsen uns an. Bei ihm zerspringt das Gesicht in tausend Fältchen. Macht ihn noch sympathischer. Er langt in eine Tasche hinter sich, zieht eine durchsichtige Plastiktüte raus. Da ist der Riegel drin.

„Tatsächlich", sagt er. „Cashew."

„Wollen Sie den jetzt auf Fingerabdrücke untersuchen?“

Er lacht. „Nee, auf DNS“, sagt er. „Magst du Nussriegel?“ Er fragt, als wär’s wichtig.

Ich schüttle den Kopf. „Hab ’ne Nussallergie.“

Dirk lacht schallend. Dann lehnt er sich zurück, verschränkt die Arme und will was sagen, als es an der Tür klopft. Eine Kollegin schaut rein und gibt ihm ein Zeichen.

„Bin gleich wieder da“, sagt er zu mir.

Er folgt ihr nach draußen, wo jede Menge Stimmen brummen. Es kommt mir vor, als wär er ewig weg. In der Zeit seh ich schon die Gesichter der Haagens vor mir. Traurig und ein bisschen erleichtert. Erleichtert, dass sie sich richtig entschieden haben, mich auszusetzen. Dann ist Dirk wieder da. , irgendwas ist anders. Er sieht mich anders an, kühler.

„Wir hatten deine Pflegeeltern verständigt“, sagt er. Seine Stimme ist jetzt grau wie das Zimmer.

Die Haagens sind also schon draußen. Ich mache eine Bewegung, so zwischen Aufstehen und Hinsetzen. Dirk registriert es.

„Nee, die sind nicht da. Sie kommen auch nicht“, stellt er fest. „Nach Rücksprache mit dem Jugendamt –“

Ab da rauscht es in meinen Ohren und ich höre nicht mehr so gut. Sie kommen nicht. Sie haben mich schon

ausgesetzt. Ich sehe immer noch die Gesichter der Haagens vor mir, langsam färben sie sich rot ein. Noah. Sie ziehen in die Schweiz und nehmen Noah mit. Meinen Bruder. Ich komm in ein Heim und seh meinen Bruder nie wieder.

„... hättest du dir denken können“, sagt Dirk bedauernd. „Was sollte das bringen, hm? Die wollen die Wohnung verkaufen und du schmierst so was an die Hauswand! Das geht nie wieder ab, checkst du das nicht? Die müssen die Fassade neu streichen.“

„Was?“ Ich versteh kein Wort.

Dirk sieht mich an, überrumpelt. „Na, was du bei deinen Pflegeeltern an die Hauswand gesprayt hast, das war ja nicht grad 'n Geniestreich. Ich hätte dich für klüger gehalten.“

Ich brauch nicht lang, um es zu kapieren.

„Mit roter Farbe?“, frage ich nach.

Dirk runzelt die Stirn, nachdenklich jetzt. Er nickt.

, Noah! Noah, der nach Lack riecht. Noah mit der roten Farbe an den Händen. !

„Du warst das gar nicht, oder?" Dirk lehnt sich vor, deutlich sonniger wieder, als ihm ein Licht aufgeht.

Ich lehne mich zurück, verschränke die Arme und konzentriere mich auf Noah. Das Rauschen bleibt, wird aber erträglicher.

Dirk seufzt. Er blättert in der Akte auf dem Tisch vor sich. Er sucht etwas und findet es, sieht auf und mich an. Jetzt hat er's.

„Die Haagens haben einen leiblichen Sohn. Ist das der Bursche, der den Nussriegel gestohlen hat?" Er sieht mich scharf an, sucht in meinem Gesicht wie in der Akte auf dem Tisch. „Noah Haagen? Hat er das an die Wand geschmiert?"

Ich sage nichts. Ich versuche gegen das Rauschen anzudenken. Ich betrachte das x. Ich könnte Dirk sagen, dass es Noah war. Und dann? Dann kriegt Noah auch Ärger. Wozu? Die Haagens nehmen mich so oder so nicht zurück. Der Schluss der Geschichte ändert sich nicht, ob ich was sage oder

nicht, die Gleichung hat immer dasselbe Ergebnis. Also sage ich nichts.

„Was hast du denn geschrieben?“, fragt Polizist Dirk. „Was steht an der Wand?“

Ich zucke mit den Schultern. Was wird er geschrieben haben? [redacted]? [redacted]? Irgendwas Saftiges.

Dirk klappt den Aktendeckel zu, reibt sich die Augen.

„Ich seh schon. Du bist ’ne Heldin, hm? Ich sag dir was: Ich seh andauernd Helden, den ganzen [redacted] Tag lang. Die ganze [redacted] Stadt ist voller Helden. Der Knast auch.“

„Mann, ich bin elf!“

Er ist enttäuscht von mir und will eine rauchen. Ich weiß nicht, woher ich das weiß, aber ich würde darauf wetten, und solche Wetten gewinne ich meistens. Irgendwas an der Art, wie er sich durch die Haare fährt.

„Okay“, sagt er. So, als hätte ich gewonnen. Als hätte ich nicht kapiert, dass es kein Spiel war. Als hätte ich gegen mich selbst gewonnen.

Er steht auf. An der Tür dreht er sich noch mal um. „Ich weiß, du hast keine guten Karten gekriegt. Versteh ich alles, Enni. Das ist ’ne ziemliche Schweinerei, was dir da passiert ist, und das ist nicht fair. Aber ich hab auch keine guten Karten gehabt und trotzdem was aus mir gemacht.

Man muss sich halt entscheiden, weißt du? Vor vielen Jahren bin ich mal zu einem Unfall auf der Landstraße gekommen: Ein Mercedes hat gebrannt. Der Fahrer war tot, aber auf der Rückbank war noch jemand, ganz junger Kerl. Ich hab ihn rausgeholt. Wenn ich dir sagen würde, wer das war … Schlimme Sache, das Ganze. Aber für mich war's 'n Weckruf. Ich war ein bescheuerter, junger [redacted]. Am nächsten Tag hab ich mich zur Polizeiausbildung angemeldet. Ich hab kapiert, dass man was ändern kann, wenn man den [redacted] hochkriegt."

Ich tue so, als würde ich ein Gähnen unterdrücken. Warum erzählt er mir das?

„Ja, ich weiß … interessiert dich nicht", sagt er. „Aber vielleicht denkst du trotzdem mal drüber nach. Das sind jetzt erst mal keine großen Sachen … einen Riegel klauen, ein Haus beschmieren … Aber es sind kleine Schritte. Und alle in die falsche Richtung."

„Sie sollten eine rauchen", sage ich. „Das beruhigt."

Da bin ich schon nicht mehr ruhig. Wenn er eine [redacted] Predigt halten will, soll er in die Kirche gehen. Er ist nicht mein [redacted] Vater. Und im Grunde bin ich ihm [redacted] egal. Ist jetzt nicht, als würd er mich gleich adoptieren. Ich schau wieder aus dem Fenster, immer noch mit dem Rauschen in den Ohren.

Die Tür geht nicht auf. Ich höre Dirk atmen. Noch

nicht ganz bereit aufzugeben. Wir wissen ja beide, dass er mir gar nichts kann. Ich bin elf. Strafmündig bist du erst mit vierzehn. Davor passiert gar nichts, null.

„Du bist ein kluges Mädchen", sagt er leise. „Du könntest es weit bringen. Wenn du aufhörst, dich selber zu sabotieren." Er holt tief Luft. Ein letzter Schuss. „Meinst du, deine Eltern würden das gut finden? Die würden dir dasselbe sagen wie ich … Elenie."

Ich reiße den Kopf herum. Staudämme brechen in mir. Ab da ist alles rot.

LIFE SAAKS

Und dann kommt Saaks. Also zuerst bringen sie mich in dieses Tagesheim. Da bleibt keiner länger. Das ist praktisch nur 'ne Wartestation für die, bei denen sie noch nicht wissen, wohin mit ihnen. Nach ein paar Tagen erklären mir ein Bulle und eine Sozialarbeiterin sehr nett, dass ich der totale Psycho bin. Sorry, ja, das [redacted] Wort wieder. Aber wie soll ich meine [redacted] Geschichte erzählen, wenn ich das [redacted] Wort nicht sagen darf? Ich mein – deshalb haben wir uns kennengelernt, richtig? Sie sind 'n Psycho-Onkel, also bin ich der Psycho.

Die zwei quasseln irgendwas von Wutanfällen und Kontrollverlust und Trauma – als wär's meine Schuld. Als würd's auf der Welt keine kompletten [redacted] geben, als wären rundherum alle [redacted] meganormale Leute und ich der einzige Psycho, der wegen nichts ausrastet. Deshalb muss ich also beobachtet werden, betreut! Und in Saaks, da sind nur „Kinder mit besonderen Ansprüchen“. Heißt: Psychos. Das haben die nicht gesagt, gehört hab ich’s trotzdem.

Zuerst hat mir die Frau vom Jugendamt erklärt, wie’s weitergeht. Mein Handy haben sie mir schon bei der Polizei abgenommen. Hatte keinen Sinn, sich zu wehren, aber ich hab’s trotzdem gemacht. Das hätte ich mir sonst nie verziehen. Ich wollte es nur bis aufs Klo schaffen damit, wenigstens Noahs Nummer abschreiben. Aber eine Polizistin hat mich festgehalten, während mir die Sozialtussi das Handy abgenommen hat.

„Es bleibt dein Eigentum, wir müssen es nur erst mal konfiszieren“, hat sie gesagt.

Also quasi: Du bleibst ja frei, wir stecken dich nur erst mal in den Käfig.

Dann hat sie mir gesagt, dass ich die Haagens und Noah nicht mehr sehen darf. Die Haagens haben gemeint, das wäre zu schwer für Noah. Und für mich. Und für sie. Ich glaub das sogar. Sind ja keine schlechten Menschen, die Haagens, dabei bleib ich. Die haben keinen Ärger gemacht. Das war ich. Und hey – Ärger packst du halt nicht ein und nimmst ihn mit, wenn du umziehst. Nicht, wenn du’s verhindern kannst.

Die Attacke auf einen Polizisten hat wohl nicht gerade geholfen. Polizist Dirk ist unverletzt, aber ich hab den [redacted] grauen Stuhl gegen das [redacted] graue Fenster geworfen und das ist hin.

Ich hab's keinem gesagt, dass Polizist Dirk zu weit gegangen ist, weil es keiner so gesehen hätte wie ich. Keiner hätte es verstanden. Aber er hätte mich nicht so nennen dürfen. Niemand sagt Elenie zu mir. So haben mich meine Eltern genannt, früher, als alles anders war. Elenie gibt's nicht mehr. Ich bin Enni. Das hab ich ihm gesagt, ganz am Anfang, [redacted] noch mal. Er hat gesagt, ich soll ihn Dirk nennen, und ich hab gesagt, er soll mich Enni nennen. Und er geht hin und redet über meine Eltern und nennt mich Elenie. Tut mir trotzdem leid, dass ich ihm den Kopf in den Magen gerammt hab. Ich hab's nicht mit Absicht gemacht. Hätte ich Zeit gehabt zu denken, wär das nicht passiert. Polizist Dirk wird sich erholen von dem Kopf im Magen. Für mich sieht's weniger rosig aus.

Die Frau vom Jugendamt sagt mir, dass ich nicht in eine neue Pflegefamilie komme und auch nicht in eine betreute WG. Hab ich schon gecheckt. Bleibt ein Heim. Ist okay. Ist nicht für lang. Ich hab da schon meine eigenen Pläne ... Das Heim macht es nicht leichter, aber ich krieg das trotzdem hin. Nur – die Sozialfrau ist so aufgeregt, irgendwie zappelig, innerlich. Als wenn sie ein Osterei für mich versteckt hätte und es nicht abwarten kann, bis ich es finde. So sind die vom Jugendamt sonst nur, wenn's neue Pflegis gibt.

Ich krieg's nicht mehr genau zusammen, was sie gesagt hat. Nur, dass es eben dieses Internat in den Bergen gibt, in Saaks. Ein Halbinternat. [redacted], nie gehört. Im ersten Moment hab ich so ein Bild gehabt von einem Haus, das in der Mitte zerrissen und von dem eine Hälfte weggebröselt ist. Dann hat sie's erklärt, dass es eine Schule ist und einige Schüler dort auch wohnen. Jippie! Klar bin ich eine der [redacted] Auserwählten. Und die [redacted] Schule ist auch was ganz krass Feines. Für besondere Bedürfnisse und Integration und den ganzen gequirlten [redacted], den die so absondern.

Heißt im Klartext: ein Knast für Psychos. 'ne Klapse. Ein Freakschuppen. Ab ins Kuckucksnest.

„Allein die Lage!", hat die Frau gesäuselt. „Mitten in den Bergen, an einem kleinen See. Das war mal ein ganz nobles Hotel. Man erreicht es über eine Seilbahn! Ist das nicht aufregend?"

Aufregend? Klar, wie'n nackter Weihnachtsmann. Ich hab nichts gesagt. Aber was das heißt, war mir klar: ein [redacted] Knast in den Bergen. [redacted] Alcatraz mit Kühen.

War klar, dass ich da raussteche wie ein Steakmesser, wenn ich da aus Berlin hinkomme und keine rosa Elefanten seh. Also hab ich mir die Haare blau gefärbt … Sie haben mich mal gefragt, warum, Doktor. Na, is doch logisch, oder? Wenn du eh der Außenseiter bist, kannst du auch so tun, als wärst du's mit Absicht. Dann bist du kein Opfer, verstanden? Wenn dein Leben eh schon auf Schienen läuft, bist du immer bloß 'n Passagier. Is so, bis du achtzehn bist. Bei mir also: noch sieben Jahre! Da kann ich mich genauso gut ins Cockpit setzen und hupen.

So ein bisschen hab ich ja gehofft, dass die mich allein nach Saaks fahren lassen, aber nee! Einen Psycho, der Polizisten attackiert, den lassen die nicht ohne Wärter rumziehen. Ich hab meinen ganz eigenen Sozialarbeiter bekommen. Der sieht aus wie ein Bär, sicherheitshalber. So einer, der einen Kopf im Magen nicht mal spüren würde. Wahrscheinlich wollten sie einen, der mich notfalls unter den Arm klemmen kann. Das hätte der gekonnt. Locker. Keine Chance, die Fahrt zwischendrin zu beenden. Das war keine Reise, das war ein Gefangenentransport.

Also sitz ich in dem Zug nach nirgendwo und der Sozialheini faselt auch noch mal was von wegen „dankbar sein", „exklusive Einrichtung" und dass sie da noch nie wen aus dem Sozialsystem aufgenommen hätten. Er hat mich die ganze Zeit so argwöhnisch angeschaut. So, als hätte sich einer vertan bei mir. Als hätten sie mich als reinrassigen Zuchthund mit Stammbaum verkauft, dabei bin ich eigentlich ein verlauster Straßenköter. Am liebsten hätt ich ihn angeknurrt. Hab ich aber nicht. Ist so, wie ich's Noah damals gesagt hab: Ein blödes [redacted] bin ich nur, wenn mich einer provoziert.

Außerdem hab ich gedacht: Wer weiß, was die mit mir machen? Davor hatte ich so'n bisschen [redacted]. Ich war ja noch nie in einer Klapsmühle mit anderen Psychos.

Klar hab ich überlegt, ob ich in einer [redacted] Gummizelle lande. Alles weiß – meine Lieblingsfarbe –, Möbel festgeschraubt, keine Fenster. Macht man das noch mit den Elektroschocks? Wo sie einen auf eine Pritsche schnallen und dann kriegt man so Elektroden auf die Stirn und – Zzzssszzz? Ich weiß, Sie haben gesagt, das macht man nicht mehr. Aber dann hab ich 'ne Serie gesehen und da haben sie's doch gemacht, die spielt in der Jetztzeit in Amerika, nicht im Mittelalter. Oh, und die Sache mit dem kalten Wasser? Wo sie dich in eine Badewanne werfen mit Eiswürfeln drin? Okay, also das hab ich erwartet. So in etwa. [redacted], [redacted], [redacted]!

Was mich auch kalt erwischt hat: dass wir noch mit einem [redacted] Taxi vom Bahnhof zur Seilbahn fahren mussten. Also wirklich Ende der Welt. Wir steigen aus und ich seh zum ersten Mal diesen winzigen Ort: Saaks.

Also echt jetzt: Ich komm aus Berlin, noch mal! Und dann das! Alles hab ich nicht sehen können, so auf den ersten Blick. Aber geschätzt vielleicht vierzig Häuser. Ein Bäcker, der zuhat – am Samstag um drei! Ein Friseur, ein Gasthaus … garantiert kein McDonalds. Die Eisdiele hab ich nicht gesehen. Die hätte mich getröstet. Nur einmal hab ich gegrinst – und der Sozialarbeiterbär auch: an der Seilbahnstation, da hat einer eine Spraydose gehabt wie Noah. Über der Tür steht in großen Buchstaben: Life Saaks! Inzwischen weiß ich, wer das war. Mattis ist so schlecht in Englisch, dass er sicher gedacht hat, er hat's richtig geschrieben. Ich hab nur gedacht, dass er recht hat. Und mich gewundert, dass die Psychos da oben schreiben können.

Das „da oben" konnt ich da noch nicht sehen. Die Saakser Spitze war in einer Wolkendecke versteckt. Als der Sozialheini das sieht, wird er ganz blass um die Nase. „Ich hab's nicht so mit Höhen", sagt er leise und steigt dann doch zu mir in die Gondel.

„Aufwärts?", fragt der Seilbahnfahrer, als die Türen hinter uns zugehen. Er steht an einem Pult mit jeder Menge Schaltern und kleinen Hebeln. Keine Ahnung, was er von hier drin steuern kann. Verfahren kann man sich wohl kaum, oder? Es gibt nur die eine Gondel und die fährt um 16:00 Uhr zum letzten Mal hoch und um 16:30 Uhr zum letzten Mal runter. Und klar kann sie vom Tal aus nur aufwärtsfahren. Ich lache trotzdem über sein [redacted] Witzchen. Dabei weiß ich da schon, dass er das garantiert jedes Mal macht, wenn einer einsteigt. Und an der [redacted] Bergstation fragt er hundertpro: „Abwärts?“ Aber wenn du an einen Ort kommst, von dem du nur auf eine Art wieder wegkannst, dann solltest du besser nett sein zu dem Kerl, der entscheidet, ob er dich mitnimmt.

„Nur wenn’s auf dem Weg liegt“, sage ich. Und er lacht dann auch, freut sich, dass endlich mal einer drauf eingeht, wenn er sich schon die Mühe macht. „Ist das der einzige Weg nach oben?“, frage ich, als wir losfahren. Wir schwanken ziemlich und der Sozialheini würgt.

Der Gondelführer guckt nach unten, auf die zackigen Felsspitzen.

„Kannst auch klettern“, sagt er. „Machen manche.“

Ich sage erst mal nichts. Schaue nur zurück ins Tal und hoffe, dass ich vielleicht doch irgendwo ein Logo sehe, das mir was sagt. McDonalds, Starbucks, DM … irgendwas [redacted] Menschliches! Natürlich sehe ich nichts. Der Sozialheini steht in der Mitte der Gondel und hält sich an einer Stange fest. Er ist grün im Gesicht, hat die Augen geschlossen und bewegt die Lippen. Vielleicht betet er.

„Aber warum gibt es dann One-Way-Tickets?“, frage ich beiläufig.

„Hä?“, macht der Gondelführer.

Der [redacted] Sozialheini würgt wieder und setzt sich dann auf den Boden.

„Na, unten hängt eine Liste mit Preisen für Gondelfahrten“, sage ich. „Und da steht, dass ein Rundtrip zwanzig Euro kostet, und wenn man nur rauf- oder nur runterfährt, dann kostet es elf Euro.“

„Jaaa!“ Der Gondelführer lacht wegwerfend. „Das ist für die Wandertouris. Die latschen hinten rum von Chriesfelden aus durch den Wald. Eine Drei-Stundentour. Gibt’s auch geführte Wolfstouren.“

„Wolfstouren?“

„Na, das ist doch der Fenrisforst dahinten“, sagt er verständnislos. Wie kann ich so was nicht wissen? „Hier gibt’s noch Wölfe. Ist aber alles Quatsch mit den geführten Touren, weil, die kommen ja eh nur im Dunkeln raus, die Wölfe. Außerdem sind die Touris so was von laut. Und die Guides pfeifen, damit keiner verloren geht. Was meinst du, wie viele Wölfe da kommen, wenn dauernd einer pfeift? Nee, die warten, bis da einer allein durch den Wald schleicht in der Nacht …“

[redacted]! [redacted]! [redacted]! [redacted]! Na, danach bin ich dann so richtig gut drauf. Auf der einen Seite kommst du nicht runter, wenn du nicht [redacted] Reinhold Messner bist. Und auf der anderen Seite warten tagsüber Rudel von Touristen und nachts die Wölfe. Geil! So was ist kein neues Zuhause, so was ist 'ne Haftstrafe. Und nicht zu vergessen: die Foltermethoden am Nachmittag!

In dem Moment verzieht sich die Wolke und ich sehe das Saakser Internat zum ersten Mal. Mit einem Mal ist da so eine Stille in mir, als hätte das Rauschen zum ersten Mal ganz aufgehört. Als könnte das Meer mir nicht folgen, hier rauf auf den Berg.

Da sitzt dieses gigantische Haus vor mir … das ist das falsche Wort … Haus, mein ich. Das ist, als würdest du zum Hulk Kleiner sagen. Dieses gigantische Anwesen, dieser Megabau, hockt über mir auf der [redacted] Bergspitze wie ein [redacted] Adler in seinem [redacted] Nest, die Flügel zu den Seiten ausgebreitet, um den Babyadlern Schatten zu machen. Das ist mein erstes Bild vom Saakser Internat. Sie können sagen, was Sie wollen: Es ist ein schöner Ort, [redacted] noch mal. Irgendwie so heiligmäßig. In der Mitte der hohe Teil mit den

großen Sprossenfenstern und dem weit vorstehenden Dach. Es sieht doch aus wie [redacted] Flügel, das Dach, oder? Eigentlich gar nicht wie ein Knast. Aber hey – erste Eindrücke können täuschen. Einen Knast erkennst du vor allem daran, dass du da von allein nicht mehr rauskommst. Und das merkst du erst, wenn du drin bist.

SPECK UND KAUGUMMI

Der Sozialheini verzieht sich eiligst, sobald er mich bei der Sekretärin abgeliefert hat. Schenkt mir noch 'ne Packung Kaugummis, wahrscheinlich, weil er ein schlechtes Gewissen hat. Und weg ist er. Will auf keinen Fall die letzte Gondel ins Tal verpassen. Sonst würde er ja hier festsitzen, der Arme! [redacted].

Die Sekretärin gibt mir ein schwarzes Stoffband mit einem runden blauen Anhänger dran. Sieht aus wie eine Plastikmünze.

„Jeder Internatsschüler bekommt einen BlueChip", erklärt sie. „Der öffnet die Schranke an der Seilbahn, das Drehkreuz in der Cafeteria, die Kühlschränke in den Aufenthaltsräumen, die Tür zur Bibliothek und so weiter. Passt außerdem gut zu deinen Haaren. Du solltest dir angewöhnen, ihn immer zu tragen. Nach acht Uhr abends kommst du nur mit Chip ins Gebäude."

„Krasse [redacted], echt jetzt?", frage ich. Ich mein: ein Chip? Ich soll einen [redacted] Chip um den Hals tragen wie ein Hund? Da sehe ich, dass die Sekretärin auch einen Chip trägt. Allerdings ist ihrer rot.

Sie grinst. „Ich sag's dir lieber gleich, und diesmal ist es noch umsonst, weil du neu bist: In Saaks ist Fluchen nicht erlaubt. Jedes Schimpfwort kostet fünfzig Cent. Wenn du kein Geld hast – eine halbe Stunde Haushaltsdienst."

Ich erstarre. [redacted]! Das ist das [redacted] Ende der Welt!

„Kinderarbeit ist verboten, hat sich das noch nicht bis hierher rumgesprochen?"

Sie lacht. „Du könntest auch einfach nicht fluchen."

„Vielleicht bin ich ja reich."

Sie grinst. „Dann fluch für mich mit … Warte einfach hier, Enni. Frau Halbach ruft dich rein. Und willkommen in Saaks."

Dann geht sie auf [redacted] hohen Schuhen davon. Sie sieht überhaupt nicht aus wie eine Schulsekretärin. Mehr wie eine der Rezeptionistinnen in dem Hotel am Ku'damm, wo Noah und ich übernachtet haben. Noah. Sein Gesicht taucht auf und grinst das Wolfsgrinsen. Die müssten jetzt in Südtirol sein, die ganze Familie

Haagen. Wandern. Der Gedanke stößt eine Tür in meinem Kopf auf. Sofort höre ich ein Rauschen und die ersten roten Farbspritzer verlaufen an den Rändern meiner Augen. Passiert manchmal, dass Gedanken nicht tun, was sie sollen. Rennen in deinem Kopf rum, wo sie nichts verloren haben, und reißen weitere Türen auf, die verschlossen sein sollten. Ich knalle die Noah-Tür wieder zu. Ich hab ja einen Plan. Damit der klappt, sollte ich der Internatsleiterin besser nicht die Faust auf die Nase donnern.

Aber auch das Internat sieht nicht aus, wie es aussehen sollte. Nicht wie eine Schule, schon gar nicht wie ein Heim. Ich kenne Heime. Von außen sind die alle wie Pferdeställe. hässliche Betonklötze mit Stahlrahmenfenstern. Innen billiges Holz, das sich nicht anfühlt oder riecht wie Holz. Auf den Fluren Fliesen oder Linoleum, in den Zimmern Teppichböden, auf denen du niemals, [redacted] niemals barfuß laufen darfst! Daran erkennst du Heimneulinge: dass sie barfuß laufen. [redacted], davon kriegst du echt Seuchen! Und dann gibt's immer diese Neonröhren mit diesem [redacted] Licht, in dem Menschen aussehen wie [redacted] Wachsfiguren.

Keine Neonröhren hier. Über mir hängt eine riesige Kristalllampe, die genauso gut die Krone der Königin von England sein könnte. An den runden Fenstern stehen [redacted] Polstersessel, die bequemer sind als die im Hotel am Ku'damm.

Ich setze mich in einen der Sessel und schaue nach draußen. Diesmal gibt's keine Wolkendecke, die aufreißt, aber der Anblick ist genauso gigantisch und lässt mich genauso still werden: Ich sehe zum ersten Mal die Rückseite des Internats, praktisch den Innenhof. Nur ist es natürlich kein Hof – das ist Heidis [redacted] Bergwelt! Die Gipfel türmen sich übereinander und davor: ein See! Ein richtiger, echter See mit dunkelblauem Wasser, das zu den Rändern hin türkis wird, als wär's das [redacted] Mittelmeer in [redacted] Italien! Es geht mir immer so, wenn ich Wasser sehe: Ich will sofort reinspringen und schwerelos werden. Gibt kein besseres Gefühl auf der [redacted] Welt. Meine Mutter hat immer gesagt, ich bin halb Meerjungfrau und wenn ich – [redacted]! Jetzt seh ich das Gesicht meiner Mutter. Wieder die falsche Tür. Ich knalle sie zu. Trotzdem ist das Rauschen nicht mehr zu überhören. Ich presse meine Stirn gegen das kalte Fenster und starre nach draußen, suche nach der Stille.

Am gegenüberliegenden Seeufer stehen große Weiden. Die Äste hängen ins Wasser. Sie sehen aus wie kleine Kinder – die Köpfe vorgebeugt, die Arme fest um geheime Schätze gelegt, die du nicht sehen darfst. Und mitten auf dem Wasser –

Ich springe auf und fahre herum. [redacted]! Keine Ahnung, woran ich gemerkt habe, dass jemand hinter mir steht. Er hat keine Bewegung und kein Geräusch gemacht. Trotzdem war es auf einmal, als hätte er meinen Namen gerufen.

Es ist ein Junge, auch wenn das nicht das erste Wort ist, das mir einfällt. [redacted] Felsen, denk ich. [redacted], ist der massiv! Größer als Noahs Vater. Seine Schultern sind fast so breit wie die Tür, seine Haare stoppelkurz. Wahrscheinlich, damit nichts von seinem Gesicht ablenkt. Das sieht aus, als wäre es aus Stein gehauen. Alles darin ist schroff: die Wangenknochen, die breiten Lippen, die schmalen Augen, selbst die Nasenflügel. Nicht grob, nicht hässlich, nur voller Kanten und Schneiden. Er sieht aus wie ein Mongolenfürst kurz vor der Schlacht. Fehlt nur der [redacted] Säbel. Aber er scheint unbewaffnet zu sein. Steht nur da, zwei Schritte hinter meinem Sessel – und starrt auf meinen Bauch.

„Hallo", sage ich, eine Spur zu atemlos.

Er sieht weiterhin meinen Bauch an. Um seinen Hals hängt ein blauer Chip. Ein Heimi also.

„Stehst du schon lang da?"

Nichts. Wenn da nicht die Augen wären, die eindeutig lebendig sind, könnte er eine von diesen italienischen Statuen sein.

Was soll das denn, [redacted] [redacted]? Warum steht der [redacted] nur da und starrt?

„Ich bin Enni." Bevor das i noch ganz verklungen ist, ärgere ich mich schon darüber. [redacted], wozu sag ich dem Creep meinen Namen? Warum plappere ich weiter, obwohl er keinen [redacted] Piep macht? Das ist Regel Nummer eins: Erzähl nie mehr über dich als unbedingt nötig. Regel eins A: Vor allem nicht die Wahrheit.

Und dann weiß ich, warum ich rede: Weil da Angst ist. Nicht bei mir, bei ihm. Bei dem Riesen mit dem Steingesicht und der Beinahglatze. Man sieht sie ihm nicht an. Er ist nicht angespannt oder so – im Gegenteil. Ich merke es daran, dass er so locker dasteht. Der Riese ist nicht nur nicht bewaffnet – der ist fluchtbereit. Das macht wieder eine Tür in meinem Kopf auf: Speck.

Eine meiner Pflegis hatte mal einen Hund. Einen bösartigen Köter, der in einem Häuschen im Garten gewohnt hat und an einer Kette hing, die an einem Pflock festgemacht war. Er konnte durch den ganzen Garten laufen damit, aber nicht bis zur Haustür. Hat immer geklirrt wie das Schlossgespenst. Und gebellt wie verrückt.

Wenn kleine Kinder vorbeigegangen sind, haben die regelmäßig geheult vor Angst. Ich hab auch mega Schiss gehabt. Ich war ja noch klein. Die ersten Tage bin ich von und zur Haustür nur gesprintet, immer verfolgt von seinem Höllenhundbellen. Klang, als hätte das [redacted] Vieh drei Köpfe. Und dann hab ich was gesehen, kurz bevor die Haustür hinter mir zugeknallt ist: Der Brustkorb von dem [redacted] Hund ist eingesunken, sobald ich im Haus war. Der war [redacted] erleichtert! Erleichtert, dass ich weg war und ihm nichts getan habe. Is mir zumindest so vorgekommen. Hundertpro kannst du's nie wissen, nicht bei einem Hund. Solche Wetten sind gefährlich.

Aber ich hab den Frühstücksspeck geholt und bin wieder raus in den Garten. Der Hund ist sofort aufgesprungen und hat geknurrt, und dann war's ganz klar: Der hatte Angst vor mir. Irgendwie logisch. Der hat mich ja nicht gekannt. Ich hab mir das x angesehen, das Leben von dem Hund:

Dauernd sind neue Kinder in seinem Haus aufgetaucht

und haben ihn bedroht. [redacted], bei uns war's 'ne [redacted] Mutprobe, so nah wie möglich an den Köter ranzugehen, und dann sind wir schreiend abgehauen. Der hat wahrscheinlich gedacht, wir wollen ihn fressen und nur sein [redacted] Gebelle und Geknurre haben ihm das Leben gerettet.

Also hab ich das Gegenteil gemacht. Ich hab mich ganz ruhig auf den Boden gesetzt – mit dem Rücken zu ihm. Is mir nicht leichtgefallen, das können Sie mir glauben. Ich war in der Reichweite seiner Kette. Das hat man an den Spuren im Rasen gesehen. Er ist im Kreis gelaufen, immer am äußersten Radius, den die Kette ihm erlaubt hat. Er hätte mich jederzeit von hinten anfallen und zerfetzen können.

Und dann hab ich angefangen, ihm was zu erzählen, leise – nur, damit er meine Stimme hört. Ich hab

ihm von meinen [redacted] Matheaufgaben erzählt. Von dem [redacted] Zug, der mit achtzig Stundenkilometern von A nach B fährt, und dem anderen Zug, der mit 250 Stundenkilometern von C nach D fährt, davon, dass es [redacted] Leute gibt, die sich fragen, wo und wann sich die Züge treffen.

Ich hab gehört, dass sich der Hund hinter mir bewegt. Die Kette hat geklirrt. Mal ein bisschen näher, dann wieder weiter weg. Ich hab mich nicht umgedreht. Nicht ein Mal. Nicht mal, als ich seine Schnauze in meinem Nacken gespürt hab. Nach den [redacted] längsten fünfzehn Minuten meines Lebens bin ich aufgestanden und langsam ins Haus gegangen. Den Speck hab ich liegen lassen. Von drin hab ich durchs Fenster gesehen, dass er volle fünf Minuten gewartet hat, bis er sich den [redacted] Speck geholt hat.

Eine Woche lang hab ich das jeden Tag so gemacht. Jeden Tag war ich ein Stückchen näher am Hund dran. Am achten Tag hat er mich mit der Schnauze in den Rücken gestupst und gewinselt. Wollte nicht mehr warten auf den [redacted] Speck. Nach zehn Tagen ist er mir entgegengelaufen, wenn ich von der Schule gekommen bin, hat sich streicheln lassen. Ich hab ihn Speck genannt, hab nie gehört, ob er einen echten Namen hatte.

Der Junge, der vor mir steht, ist kein Hund, das weiß

ich schon. Aber, [redacted], er redet halt auch nicht. Und er hat auch Angst vor mir. Also nicke ich nachdenklich, als hätte er was gesagt, was total Sinn ergibt. Und setze mich ruhig wieder in meinen Sessel, den Rücken zu ihm. Er atmet hörbar ein. Damit hat er nicht gerechnet.

„Versteh total, dass du nichts sagst", sage ich leise, ruhig. „Ich mein – [redacted]! – man muss [redacted] vorsichtig sein. Kann alles gegen einen verwendet werden, stimmt's?"

Während ich rede, krame ich die Kaugummis von dem Sozialheini aus der Tasche und mache sie auf, schiebe einen in den Mund. Dann ziehe ich einen zweiten raus und halte ihn über die Schulter dem Jungen hin, ohne mich umzudrehen.

„Ich bin neu hier, gerade angekommen. Ziemlich strange, das mit der [redacted] Gondel, oder? … Du auch 'n Kaugummi? … Ich bin noch nie mit 'ner Seilbahn gefahren. Was kommt als Nächstes? Mit'm Helikopter auf Klassenfahrt? Komischer Ort, oder? Saaks. Du bist auch nicht von hier, da wett ich!"

Gerade als ich „Seilbahn" sage, zieht er sanft den Kaugummi aus meiner Hand. Ich tue, als hätte ich es nicht bemerkt, als hätte ich nichts anderes erwartet. Gerade überlege ich mir, wie ich ihn nennen soll, den Jungen – vielleicht Kaugummi? –, da kommt Dante. Keine Chance, nicht zu merken, wenn er im Raum ist.

Das ist wie ein [redacted] Windstoß, als er reinkommt. Ich sehe ihn an und plötzlich passt alles zusammen. Die Gondel und die Berge und dieser Ort, der zu schön und zu groß und zu teuer ist. Das ist alles gar nichts, bloß Kulisse – für ihn.

DANTE

Klar kenn ich das Gefühl, wenn man an einen Ort kommt, wo alle anderen hingehören, nur man selbst nicht. Das [redacted] fünfte Rad am Wagen? – [redacted], hab ich erfunden! Du kommst zu Pflegis, die schon andere Kinder haben und die sind irgendwie alle eine Familie, nur du nicht – check! Neue Klasse und alle anderen Schüler sind seit acht Monaten da, glotzen dich an, als du reinkommst und der Lehrer deinen Namen sagt? Alles erlebt, alles klar. Das hier ist anders. Das hier fühlt sich an, als wär ich in der Geschichte von jemand anderem gelandet und nur noch eine [redacted] Nebenfigur. Ich hasse es. Ich hasse ihn, von Anfang an. Und am meisten hasse ich es, dass ich mir auch diese Lüge nicht glauben kann.

„Hallo“, sagt er, bevor er zum Stehen gekommen ist. Mit dieser Stimme. Sie wissen, was ich meine. Er klingt, als hätte er die letzten zwanzig Jahre zu viel gesoffen und geraucht. Nur ist er dreizehn, [redacted] noch mal. „Du bist also Enni."

Als ich Noah das erste Mal gesehen hab, im Wohnzimmer seiner Eltern – da hab ich mich angenommen gefühlt, vertraut, gelandet. Vor Dante fühle ich mich fremd – nicht nur im Internat, in mir drin.

Normalerweise trifft man jemanden zum ersten Mal und sieht ihn von oben bis unten an, stellt sich Fragen über ihn, ordnet ihn ein. Als Dante mich ansieht, ist es umgekehrt: Ich betrachte mich selbst.

Meine Jeans ist kaputt. Nicht auf die coole, teure Art. Sie ist an den Knien gerissen, als Polizist Dirk mich im Tierpark umgerannt hat. Seitdem hat sie auch keiner mehr gewaschen. Deshalb die [redacted] Grasflecken, möglicherweise auch ein bisschen Kaninchen[redacted]. An den Füßen trag ich Schnürstiefel, die ich schon habe, seit sie mir fünf Nummern zu groß waren. Jetzt sind sie nur noch drei Nummern zu groß. Ich kremple sie oben um, damit sie mir nicht bis zum Knie gehen. Bei drei verschiedenen Pflegis hab ich sie fünfmal aus Mülltonnen gerettet. Alle hassen die Stiefel, is mir egal. Ich hab ein weißes Hemd an, das mal Noah gehört hat. Seine Mutter hat es versehentlich in meinen Koffer gepackt. Für mich ist es ein letztes Stückchen Noah. Ich trage es seit acht Tagen. Dass es zu groß ist, weiß ich. Jetzt frage ich mich, ob es stinkt. [redacted], ich hab mich noch nie gefragt, ob ich stinke. Ich weiß ganz sicher, dass ich mir heute nicht die Haare gekämmt habe. [redacted], gestern auch nicht. Ich war noch nie beim Friseur. Meine Haare sind glatt und irgendwie fransig geschnitten und seit Kurzem blau. Manchmal hat sie eine Pflegemutter oder ein anderes Heimkind geschnitten, manchmal ich selbst. Manchmal hab ich sie einfach wachsen lassen. Ist [redacted]egal, normalerweise. Jetzt ist es auf einmal nicht egal. Ich bin zu klein, zu dünn, zu dreckig für diesen Blick.

Bei alldem weiß ich, dass es nicht von Dante kommt, sondern von mir. Er sieht mich nicht von oben herab an, gar nicht. Dabei wäre es nicht schwer, dieses Gesicht megaarrogant zu machen. Es würde schon reichen, wenn er eine Augenbraue leicht hochzieht und die Augen blank werden.

Manchmal macht er das, wenn er jemanden ansieht, den er nicht mag, oder wenn einer, den er mag, was gesagt hat, was er [redacted] findet. Keiner will so angesehen werden, nicht von Dante. Fühlt sich an wie Eiszapfen in der Brust.

Es ist nicht nur, weil er schön ist. Obwohl es diese Art von Schönheit ist, wo man nicht lang hinschauen kann. Das geht nicht, weil man weiß, dass sich was davon auf dem eigenen Gesicht spiegelt und dass er es da sehen kann. Und das ist einfach [redacted] peinlich. Mir zumindest. Inzwischen weiß ich, wie viele Leute ihn einfach anstarren. Er lächelt dann meistens nur, so nachsichtig. Wie einer, der zwei Meter fünfzig groß ist. Da kannst du ja auch nix machen. Es gibt Menschen, die sind schön, und du kannst ihnen trotzdem ins Gesicht sehen, wenn du mit ihnen redest. Bei Dante wünschst du dir, er würde mal eine halbe Stunde lang die Augen zumachen, damit du ihn dir in Ruhe angucken kannst. [redacted], muss das anstrengend für ihn sein! Ich bin heilfroh, dass ich nicht so aussehe.

Er hat keins dieser Gesichter, bei denen alles zusammen schön aussieht, aber wenn du's in die Einzelteile zerlegst – also, in Gedanken –, dann ist die Nase eigentlich zu groß oder der Mund schief. Bei Dante ist jeder [redacted] Millimeter perfekt. Genauso wie der Hals, der Brustkorb, die Oberarme mit den fein gezeichneten Muskeln und der Rollstuhl.

Ich hatte Mitschüler, die im Rollstuhl saßen. Und irgendwie haben sie mir immer leidgetan. Weiß ich schon, dass [redacted] Mitleid das Schlimmste ist. Aber was willst du machen? Du siehst wen im Rollstuhl, und das ist halt keine [redacted] Entscheidung, dass der da drinsitzt, oder? Das is kein Lifestyle. Is nicht, als hätte er irgendwann beschlossen, dass ihm Laufen und Stehen zu [redacted] anstrengend sind. Und das ist immer mega [redacted] – egal, worum's geht –, wenn du keine Wahl hast.

Keine Sekunde komme ich auf die Idee, Mitleid mit Dante zu haben. Er ist durch die Tür geschossen, als würde er auf einem [redacted] fliegenden Teppich sitzen, [redacted]! Als könnte er zumindest schweben! Ich komm mir komisch vor, weil ich sitze, und überlege kurz, ob ich aufstehen soll, lass es dann aber. Mir fällt ein, dass es aussehen könnte, als wollte ich ihm zeigen: Guck mal, ich kann stehen. Ich mein – [redacted]! –, geht's noch sau [redacted]? Und dann fällt mir ein, dass er vor ungefähr zehn Stunden was gefragt hat und dass ich darauf auch [redacted] noch mal langsam antworten könnte.

„Ja, ich bin Enni", sage ich. Na, hat sich doch gelohnt, darauf zu warten …

„Karan kennst du schon?", fragt Dante und sieht den schweigenden Riesen an, der mit keiner [redacted] Wimper zuckt. Er heißt also Karan, nicht Kaugummi.

Ich nicke. „Wir haben uns super unterhalten. Karan hat mir alles erzählt, was ich wissen muss."

Ich nicke Karan zu, irgendwie respektvoll. Das ist nicht gespielt. Ich respektiere jeden, der in seiner eigenen Welt lebt. Find ich hochanständig. Lässt alle anderen in Ruhe und hält sich raus. Von Karan kommt ein angedeutetes Nicken, kaum wahrnehmbar.

Dante lächelt, als hätte ich was richtig gemacht. Und ich ärgere mich, weil ich mich darüber freue. Seine Zähne sind genauso weiß wie Noahs. Aber Noah sieht aus, als könnte er mit seinen Beißern Walnüsse mit Schale kauen. Bei Dante denk ich mir, dass seine Zähne an einer Kette [redacted] klasse aussehen würden. Nicht, weil ich sie ihm ausschlagen will, [redacted] noch mal! Sie sind einfach zu schön, um den ganzen Tag in einem Mund zu stecken, wo man sie fast nie sieht. Dante sieht auch nicht aus wie ein Wolf. Er hat gar nichts von einem Tier. Er sieht aus wie ein Graf, der am Eingang zu seinem Schloss steht und sich über Besuch freut.

„Willkommen in Saaks", sagt er, immer noch lächelnd. So, als wär ich endlich angekommen. So, als hätte ich irgendwas bestanden oder geschafft, um hierherzukommen. So, als wären wir seit zehn Jahren Brieffreunde und würden uns jetzt zum ersten Mal persönlich begegnen. [redacted], so, als hätte er auf mich gewartet …

Die Bürotür geht auf und zerstört den Moment. Ich merke erst da, dass ich die ganze Zeit zurückgelächelt habe. Nicht absichtlich, nicht, weil ich's wollte. Ist einfach so passiert.

„Oh, hier ist ja eine richtige Versammlung", sagt die Frau im Hosenanzug mit großer roter Brille.

Es kostet mich Mühe, den Kopf von Dante wegzudre-

hen und sie anzusehen. Es fühlt sich an, als würde ich was aufgeben damit. Wie das Computerspielen mit Noah, wenn seine Eltern uns gerufen haben. Widerwillig.

„Hallo, Frau Halbach“, sagt Dante, sieht dabei aber immer noch mich an.

Sie ist ungefähr so alt wie Noahs Mutter, aber auf den ersten Blick nicht halb so okay. Es gibt Erwachsene, bei denen sieht man das Kind, das sie mal waren, noch ganz deutlich durch. Da ist es, als würden sie nur Verkleiden spielen. Frau Halbach ist so. Sie ist ein kleines Mädchen mit großer Brille, das sich in der Schule immer bemüht hat, mit allen befreundet zu sein. Aber so richtig geklappt hat es nicht. Sie hat nie verstanden, warum – wahrscheinlich gab’s auch gar keinen Grund, außer dass sie sich zu sehr bemüht hat –, und das nimmt sie den anderen immer noch übel. Die anderen, das sind alle anderen. Am Ende hat das Halbach-Mädchen dann beschlossen, dass es sich lieber an die Erwachsenen hält. Hat immer schon vorgelernt, dauernd den Arm hochgestreckt und den anderen Schülern einen guten Grund gegeben, es nicht zu mögen.

„Kennt ihr euch schon?", fragt Frau Halbach. „Enni Alser – das ist Dante Dahlem."

Ich nehme es ihr [redacted] übel, dass sie Karan übersieht. Schon hat sie einen Platz auf meiner [redacted]list.

„Das ist keine Stehlampe neben Ihrer Tür, Frau Halbach", sagt Dante. Klingt dabei wie ein Lehrer, der [redacted] nachsichtig mit einer etwas langsamen Schülerin spricht.

Die Halbach macht eine Show daraus, Karan zu entdecken. Dass sie sich nicht auch noch ans Herz fasst, wundert mich. [redacted] oscarverdächtig. „Oh, da bist du ja, Karan. Enni, das ist Karan Abbas."

Ich sehe Karan an und er ganz kurz mich. Voller Blickkontakt. Für Karan ist das praktisch wie Knutschen mit Zunge. Aber es bedeutet was anderes: Wäre Karan nicht Karan, würde er grinsen und die Augen verdrehen. Die Halbach ist nicht unser Typ.

„Ich wollte noch mal kurz mit Ihnen reden", sagt Dante zu ihr und hält einen Zettel hoch. „Wegen dem Ausflug. Ich hab alle Unterschriften und –"

„Nicht heute, Dante", unterbricht sie ihn, wenn auch wahnsinnig freundlich. Zu freundlich. Ein bisschen, als wollte sie ihn nicht zerbrechen. Was lächerlich ist, weil Dante so was von [redacted] unzerbrechlich ist. „Und da ist unser Neuzugang!", sagt sie und wendet sich mir zu.

Auch ihr fällt es schwer, sich von Dante zu lösen. „Enni Alser. Wir haben dich schon erwartet. Willkommen im Halbinternat Saaks."

Noch etwas fällt mir auf: Sie ist [redacted] neugierig auf mich. Und sie hat was gegen mich. Nicht gegen mich persönlich, auch das merke ich. Es liegt nicht daran, dass sie weiß, was alles in meiner Akte steht. Sie findet einfach, ich gehöre nicht hierher, in ihre Schule, in ihr Halbinternat. Sie trägt den roten Chip um den Hals wie einen Orden.

Eine meiner Pflegis hatte eine Katze. Die hat immer mal wieder Vögel ins Haus geschleppt, schon tot oder mindestens halb. [redacted] grausames [redacted] Vieh. Und meine Pflegemutter hat sie dann auch immer so angesehen, wie die Halbach mich jetzt ansieht. Als hätte ich was Ekliges angeschleppt. Oder als wär ich das Eklige, Angeschleppte.

„Danke", sage ich trotzdem artig. [redacted] freundlich, wie immer am Anfang. Das sind die [redacted] Regeln und ich halte mich dran.

„Dann komm doch bitte mal in mein Büro", sagt die Halbach und geht mit einem letzten Blick auf Dante durch die Tür.

Ich sehe Dante an.

„Letzte Weisheiten?", frage ich.

Er lächelt, überlegt kurz. „Die stecken dich mit Lilith ins Zimmer“, sagt er dann. „Halt dich lieber an Karan.“

Damit bewegt er lässig die rechte Hand über dem Reifen des Rollstuhls und dreht aus dem Stand um. Eine zweite Bewegung der Hand, [redacted] mühelos – und er zieht auf die Tür zu. Jetzt kommt auch Bewegung in Karan. Ich hab's die ganze Zeit gesehen, dass er keine [redacted] Aufwärmsekunde braucht, dass er immer fluchtbereit ist. Er läuft genauso schnell und mühelos, wie Dante fährt. Und weg sind sie.

„Enni?“, kommt Frau Halbachs Stimme aus dem Büro.

Ich folge ihr und setze mich ihr am Schreibtisch gegenüber. Hinter ihr ein riesiges Fenster, durch das ich die Berge sehen kann: zu schön, zu groß, zu viele, alles unecht. Echt war nur Noah. Und Noah ist weg.

Auf Frau Halbachs Schreibtisch steht ein Foto von ihr mit einem Mädchen, das vielleicht ein Jahr älter ist als ich und dunkle Haare hat wie die Halbach, wenn ihre auch gefärbt sind. Wahrscheinlich kriegt man viele graue Haare als Internatsleiterin. Das Mädchen ist garantiert ihre Tochter. Sie sieht mir ähnlich. Im Hintergrund sind Palmen und Meer. Ich starre das Foto an und denke an Noah, denke an meinen Plan.

„Ich bin Nadin Halbach“, sagt die Halbach. „Ich bin die Leiterin des Saakser Halbinternats und der Schule …“

Ich grinse ein bisschen, weil, mir kann sie nichts vormachen. Es gibt etwas, das können nur Katzen und Kinder, die nirgendwo hingehören. Wir haben ein [redacted] gutes Gespür dafür, wer der Boss ist. Und hier ist das nicht Nadin Halbach. Sondern der Junge, der vor zwei Minuten aus der Tür geschwebt ist.

LILITH

Du kannst so tough sein, wie du willst: Die erste Nacht erwischt dich trotzdem. Die erste Nacht in einem neuen Heim, in einer neuen WG, bei neuen Pflegis … da bist du irgendwie geschält und alles nagt an dir bis zum Knochen. Ist logisch, oder? Wenn du weißt, wie die Dinge laufen, fühlst du dich sicher. Auch wenn die Dinge echt [redacted] laufen. Wenigstens weißt du's. Denn, was dich fertigmacht, was dich kleinkriegt, das ist die Angst und die Hoffnung – beides macht dich angreifbar. Was du kennst, hast du im Griff. In der ersten Nacht in einem neuen Heim, in einem neuen Zimmer, in einem neuen Bett, hast du gar nichts im Griff – einen [redacted]!

Und Dantes Rat war so was von für'n [redacted]. Ich soll mich an Karan halten? Karan hat keinen Piep gesagt. Zum Glück bin ich nicht allein im Zimmer. Normalerweise freu ich mich, wenn ich ein Zimmer für mich hab. Aber nicht in der ersten Nacht, nicht in Saaks. Da bin ich heilfroh, dass Lilith da ist.

Lilith sieht aus wie ein Engel. Sie hat eine Stupsnase und blaue Augen und blonde Engelslöckchen. Ihr Mund ist winzig, ihre Zähne sind winzig und ihre Stimme klingt wie Goldglöckchen. Außerdem riecht sie nach [redacted] Blumenseife. Lilith sieht aus, als würde sie den ganzen Tag auf Wolken rumhüpfen und Weihnachtskekse knabbern. Sie erinnert mich an ein Mädchen, mit dem ich mal in einer WG war und das ich sehr gernhatte. Die hatte am ersten August Geburtstag und war auch zuckersüß. Deshalb mag ich Lilith auf Anhieb.

Ich seh sie beim Essen zum ersten Mal. Gegessen wird im großen Saal. Wir sitzen alle an einem [redacted] großen Tisch, Erwachsene und Schüler, so um die fünfzig Leute. Ich merk mir nicht alle Namen. Ich seh nur Dante auf der anderen Seite des Tisches und ertappe ihn dabei, wie er mich beobachtet. Nicht unhöflich. Mehr so, wie du im Zoo ein Tier beobachtest, das dir nichts tun kann. Er fühlt sich auch nicht irgendwie ertappt oder so, [redacted]. Lächelt nur. Und diesmal spür ich sofort, dass sich bei mir auch ein Lächeln ausbreitet, also dreh ich schnell den Kopf weg und kümmer mich ums Essen.

Auch das ist nicht so, wie es in Heimen normalerweise sein sollte. Zwei Mädchen und ein Junge tragen das Essen auf großen Tellern und Platten rein. Die drei sind älter, so sechzehn, siebzehn. Das eine Mädchen hat ein Gesicht wie ein Baby. Beim Tragen hat sie die Zunge zwischen die Lippen geklemmt, so konzentriert ist sie. Der Junge redet leise. Erst denke ich, er sagt etwas zu den Mädchen, aber dann merke ich, dass er mit sich selbst redet. War ja klar! Alles [redacted] Psychos. Und ich mittendrin.

Und dann seh ich Sie zum ersten Mal: Sie unterhalten sich mit meiner Mathelehrerin, auch wenn ich das da noch nicht weiß. Ich kann sehen, dass Sie länger nicht beim Friseur waren und nicht rasend gern Sport machen und dass Ihnen Mode eher egal ist. Ich hab den üblen Verdacht, dass Sie gern [redacted] Witze erzählen und dass wir nicht denselben Humor haben. Damit hab ich so ungefähr recht gehabt, sorry. Sie sitzen neben Frau Halbach an diesem ersten Abend, die mit einem Mann redet, der aussieht wie ein Scharfschütze. Sie haben mir immer wieder Blicke zugeworfen, wissen Sie das noch? Und gelächelt. So dieses aufmunternde Erwachsenenlächeln. Deshalb hab ich sofort gewusst, dass Sie der Psychoonkel sind. Und [redacted] freundlich zurückgelächelt. Weil, ich hatte ja einen Plan.

„Duhuu, Enni – wie alt bist'n du?", fragt der Kleine neben mir.

Er ist winzig, höchstens sechs. Blonde Haare, braune

Augen und eine Zahnlücke oben rechts. Eine [redacted] Zahnlücke! Gegen Zahnlücken hilft praktisch gar nichts. Ich weiß nicht, warum, aber wenn der Knirps mich angrinst, kann man mich mit dem [redacted] Strohhalm schlürfen. Ich möchte ihm durch die Haare strubbeln und ihm in die Wange kneifen. Kann ich nicht gebrauchen natürlich, null.

„Ich bin elf", sage ich kehlig.

Er grinst. „Ich auch."

„Nein", sage ich und versuche ihn zu ignorieren. „Bist du nicht." Ich nehme mir ein Steak von der Platte. Ein echtes Steak! Vom Rind! [redacted]! Wann hat's so was schon mal in einem Heim gegeben?

„Aber bald", sagt er und schlürft seine Spaghetti. „Weil in neun Monaten hab ich Geburtstag." Als er sich mir wieder zuwendet, ist der untere Bereich seines Gesichts Spaghettisoßenrot.

Ich lache laut auf! Ein [redacted] Zombie mit Zahnlücke! Seit Noah hab ich nicht mehr laut gelacht. Dante lächelt zu uns rüber, als hätte ich wieder was richtig gemacht.

[redacted], ich wünschte, es wär mir [redacted] egal!

„Du bist sechs“, sagt Lilith ihm gegenüber.

„Und du bist fies“, erwidert er. „Wenn ich alt bin“, wendet er sich großzügig an mich, „dann können wir heiraten. Und dann können wir so lang aufbleiben, wie wir wollen. “

„Cool“, sage ich.

„Und du darfst alle Süßigkeiten essen, weil ich hab Diätis.“

„Du meinst Diabetes?“, frage ich nach.

Er schiebt sich mehr Spaghetti in den Mund, nuschelt: „Is dasselbe!“

„Noch Kartoffeln?“, fragt die Frau hinter mir, die mit einer Schüssel um den Tisch geht. Sie ist rundlich und hat ein faltenloses, glattes Gesicht mit freundlichen kleinen Augen und tausend Sommersprossen.

„Ja, bitte!“

Regel Nummer zwei: Nie Nein zu Essen sagen, das dir schmeckt. Wer weiß, wann du das nächste Mal welches bekommst.

„Schmeckt dir das Steak?“, fragt sie. „Das ist vom Weiderind.“

Ich nicke. „Wenn das [redacted] Vieh gewusst hätte, wie gut es schmeckt, hätte es sich selbst geschlachtet.“

Die Frau sieht mich überrascht an. Lilith gegenüber runzelt die Stirn. Mir fällt auf, dass sie nur Gemüse isst. Aber Dante am anderen Ende des Tisches lacht sein heiseres Lachen und das fühlt sich an wie barfuß über weiches Fell laufen. Außerdem bin ich fast sicher, dass es um Karans Mundwinkel zuckt. Der Riese lacht! Oder so.

„Ich bin froh, dass es dir schmeckt“, sagt die Frau. „Ich bin nämlich die Köchin, Louisa Krevic.“ Sie wischt dem Knirps ziemlich brutal mit einer Serviette über den Mund. „Und du bist offenbar meine zukünftige Schwiegertochter.“

„Das ist meine Mama“, erklärt der Kleine und weicht der Serviette aus. „Die wohnt bei mir.“

„Und wie heißt du?“, frage ich ihn.

„Das ist Lukas“, kommt es von Lilith gegenüber.

Lukas streckt ihr die Zunge raus, aber Lilith lächelt einfach weiter, völlig unbewegt. Louisa gibt es auf, ihren Sohn zu reinigen, geht weiter und verteilt Kartoffeln auf andere Teller.

„Lucky“, korrigiert Lukas. „Ich heiß Lucky.“

„Das ist nur ein Spitzname“, belehrt ihn Lilith. „Wie Lilly für Lilith … Wofür ist Enni die Kurzform?“, fragt sie mich.

Das fragt nie jemand. Die meisten denken, ich heiße Annie mit Ä vorn. In einem Heim haben sie gedacht, Enni wär die Kurzform für Enrico. Haben mich für einen Jungen gehalten, wochenlang. War auch okay für mich.

„Das ist einfach mein Name, okay“, sage ich

schroff. Noah hat mal gesagt, dass meine Stimme dann so kehlig wird. „Klingt wie 'ne [redacted] Raubkatze auf der Jagd“, hat er gesagt.

Lilith fragt nicht weiter. Sie beugt sich einfach wieder über ihren Teller und isst ihr Gemüse. Sofort habe ich ein schlechtes Gewissen. Lilith ist jünger als ich, vielleicht acht – [redacted], praktisch noch ein Baby! Sie hat nur gefragt, um nett zu sein. Ich beobachte sie, um zu sehen, ob sie gekränkt ist, aber sie lächelt immer noch sanft.

Ich merke nicht, was mit ihr los ist, bis wir in unserem gemeinsamen Zimmer ankommen und sie mir alles zeigt:

„Das Bett am Fenster ist meins“, sagt sie. „Der rechte Schrank und der rechte Schreibtisch. Ich hoffe, das ist okay für dich … Meine Handtücher sind die blauen. Dir haben sie die roten gegeben … Hier auf deinem Bett.“

Während sie spricht, geht sie leichtfüßig durch den Raum und deutet auf die Möbel, auf die Handtücher. Ich höre, dass sie lächelt – sehen kann ich es nicht. Es ist nach acht Uhr abends. Seit dem [redacted] spektakulär geilen Sonnenuntergang ist es stockdunkel draußen, dicke Wolkendecke und Regen inklusive – und Lilith hat das Licht nicht eingeschaltet. Das Zimmer ist ein schwarzes Loch. Ich seh nicht mal das Fenster. Ich weiß nur, wo es ist, weil der Regen dagegenschlägt. Ohne ein Wort strecke ich den Arm aus und schalte lautlos das Licht ein. Es fällt auf Liliths lächelndes Gesicht. Sie merkt es nicht. Ihre Augen haften an der Stelle, wo sie meine Augen vermutet. Sie täuscht sich nur um [redacted] beeindruckende zwei Zentimeter. Hätte sie nicht den Fehler mit dem Licht gemacht – es wär mir nicht aufgefallen. Lilith ist blind.

Ich sage nichts und lasse es mir auch nicht anmerken, aber innerlich mach ich eine [redacted] tiefe Verbeugung vor ihr. Auf ihre kleine, süße, unschuldige Art ist Lilith die beste Lügnerin, der ich je begegnet bin. Vielleicht lasse ich mich deshalb täuschen und verrate ihr meinen Plan? Weil ich denke, sie weiß, wie man ein Geheimnis bewahrt? Oder vielleicht tut sie mir leid. Ich mein – [redacted] ! –, wie unglaublich [redacted] ist es, wenn du aussiehst wie ein [redacted] Engel und du kannst es nicht mal sehen?

„Vermisst du jemanden?", fragt sie später, als der Regen so laut ist, dass er unser Flüstern fast verschluckt. Das Licht ist aus und wir sehen beide nichts.

Ich hab im Waschbecken Noahs Hemd mit Haarshampoo gewaschen. Es hängt tropfend am Fenstergriff.

„Ja", sage ich und lausche dem Regen. Regen in der ersten Nacht ist gut. Erinnert dich, dass es schlimmer sein könnte. Dass du auch draußen sein könntest, [redacted] noch mal!

„Deine Eltern?", fragt Lilith leise.

„Meinen Bruder. Noah." Es ist gut, seinen Namen laut

zu sagen. Ich hab einen Bruder. Und er vermisst mich auch, das weiß ich. Wahrscheinlich hat er tausendmal auf meinem Handy angerufen, das jetzt im [redacted] Büro der [redacted] Heimleiterin eingeschlossen ist.

„Nicht deine Eltern?“, fragt sie überrascht. Lieb und weich.

„Nein“, sage ich. „Nicht mehr. Die sind tot. Flugzeugabsturz.“

Daraufhin schweigt sie kurz und ich warte, dass sie sagt, wie leid ihr das tut. Sagen alle. Aber es kommt nicht. Rechne ich ihr hoch an. Echt solide von ihr.

„Als ich hergekommen bin, hab ich oft geweint“, sagt sie dann. „Es ist in Ordnung, wenn du weinen musst.“

Ich lächle im Dunkeln.

„Schon okay, Lilith.“ Ich bin elf. Mit elf heulst du nicht mehr. Es sei denn, du bist ein totaler Loser. Außerdem habe ich einen Plan.

„Vielleicht … vielleicht könnten wir Freundinnen sein?“, fragt sie mit ihrer Goldglöckchen-Stimme. Wie jemand, der nicht zum ersten Mal fragt. Wie jemand, dem schon öfter einer mit Nein geantwortet hat.

Ich könnte lügen. Ich könnte so gut lügen, dass sie glücklich ist und einschläft und denkt, sie hat eine beste Freundin gefunden. Aber ein totales [redacted] bin ich nur, wenn mich einer provoziert. Lilith ist ein blinder, blonder Engel, der nur lieb zu mir war. Also treffe ich eine Entscheidung. Ich breche Regel Nummer eins und sag ihr die [redacted] Wahrheit:

„Lilith, ich kann nicht deine Freundin sein. Ich bleib nicht hier“, flüstere ich. „Ich hab einen Plan, okay? Ich hau ab und such Noah …“

VERRAT

Okay, es gibt keine Elektroschocks und keine Eiswürfelbäder in Saaks. Ich sitze auch nicht in einer Gummizelle und hab keine Zwangsjacke anziehen müssen. Aber es gibt eine Psychorunde! Wusst ich's doch.

Sonntagmorgen sitzen alle im Musiksaal im Kreis und lassen ihren inneren [redacted] Psycho raus. Fünfzehn Heimbewohner und ich und rundherum die Berge. Und da sind Sie, der Psychoonkel von Saaks, springen auf und schütteln mir mit einem breiten Lächeln die Hand.

„Guten Morgen, Enni – du möchtest Enni genannt werden, richtig?" Sie strahlen mich an, als wär's Weihnachten und ich das Christkind. „Ich bin Marvin Mergen."

Den Doppeldoktor lassen Sie erst mal weg. Der steht nur an Ihrer Tür. Ich nicke, entdecke einen leeren Platz und setze mich so schnell wie möglich. Was dann kommt, hab ich erst mühsam lernen müssen. Neulinge wissen das nicht und es macht ihnen das Leben [redacted] viel schwerer: Während der ersten Tage behandeln die alle anderen Schüler wie die Sonne – bloß nicht direkt reinschauen! Die Neulinge tun so, als würden sie nicht merken, dass sie in einer Tour angeglotzt werden. Grundfalsch, Mann! Das ist es, was du tun musst:

Ich beuge mich in meinem Stuhl nach vorn, lege die Hände auf die Knie – und sehe dem Ersten in die Augen, der mir im Kreis gegenübersitzt. Es ist der Junge, der gestern Abend mit sich selbst geredet hat. Natürlich erwische ich ihn, wie er mich anguckt. Alle gucken mich an. Er ist so geschockt, als sich unsere Blicke treffen, dass er sofort anfängt zu murmeln. Das reicht mir.

Ich lasse den Blick nach links wandern, sehe das Mädchen neben dem murmelnden Jungen an. Es ist vielleicht zwölf und trägt eine [redacted] unfassbar dicke Brille. Erst bin ich nicht sicher, ob es mich damit überhaupt sehen kann. Das Mädchen legt den Kopf zur Seite, blinzelt ein paarmal, bis es ganz sicher ist, dass ich es ansehe. Dann quiekt es wie eine Maus und schaut schnell auf seine Füße. Dabei wippt es ein bisschen auf und ab. Check, nächstes Opfer.

Währenddessen erzählen Sie irgendwas über mich und über Berlin und über die Psychorunde. Ich kann mich nicht darauf konzentrieren, sorry, Doktor Mergen. Ich muss mein [redacted] Revier markieren. Seien Sie froh, dass ich das mit Blicken mache. In einer WG gab's einen Jungen, Elvis, der hat in die Ecken gepisst. So richtig. Hose auf und go! Auch 'ne Lösung. Den haben jedenfalls alle in Ruhe gelassen.

„Also, wer möchte heute den Anfang machen?", fragen Sie in die Runde.

Ich mache eine kleine Wette mit mir: dass keiner sich meldet. Erst sieht es aus, als würde ich gewinnen. Ich bin mit meinem Rundblick schon fast durch, als ich bei Dante lande. Er sitzt drei Plätze links von mir und beobachtet mich, hat drauf gewartet, dass er an die Reihe kommt. Jetzt lacht er mich an. Lacht, als wollte er mit den Zähnen applaudieren.

Er hat gecheckt, was ich mache. Ich will nicht stolz sein deshalb. Aber manchmal ist es gut, wenn du was kannst und einer sieht es. Weil die meisten [redacted] Tricks und Kniffe, die du so aufschnappst, die kriegt keiner mit. Merkst nur du, dass du sie kannst – daran, dass du überlebst. Das ist nicht wie roter Lack auf der Wand. Da gibt's keine [redacted] versteckte Message.

Sofort merke ich, dass meine Mundwinkel sich ausdehnen wie Gummi in der Sonne. Ich versuche, was dagegen zu tun. Fünf [redacted] Sekunden lang gelingt es mir. Dann zieht Dante eine Augenbraue hoch. So auf die Art: Was ist los, wir waren doch schon Kumpel, weißt du nicht mehr? Ich drehe mich schnell weg. Und verliere die Wette: Lilith hebt den Arm.

„Ja, Lilith?“, sagen Sie freundlich. Eine Stimme wie eine Tür, die aufgeht, und dahinter ist es hell und warm.

„Ich wollte nur …“, setzt sie an, glöckchenhell. „Ich weiß nicht genau, wie … Also, wenn man jemandem helfen möchte, soll man das dann machen? Auch wenn der andere gar nicht darum gebeten hat?“

Wenn Dante nicht wäre, würde ich da schon aufmerksam werden. Aber ich merke nichts. Ich denke noch, das läuft immer so. Fragen, Überlegungen, Psychoblabla.

„Äh … Das ist ein bisschen zu abstrakt, fürchte ich“, sagen Sie. „Von welcher Art von Hilfe reden wir?“

Lilith runzelt die Stirn. Irgendwas bedrückt sie. Warum hat sie nicht mit mir geredet? Ist doch [redacted] peinlich, das hier vor allen zu bequatschen, oder?

„Hmm", macht sie. „Wenn jemand was vorhat, was schlecht für ihn ist …"

„Du meinst, jemand hat dir verraten, dass er sich etwas antun möchte?" Jetzt ist Ihre Stimme angespannt, bereit, die Tür wieder zuzuschlagen.

Und aus den Augenwinkeln sehe ich, dass Dante ernst wird. Er sieht Lilith an, runzelt die Stirn, sieht mich an, fragend. Warum?

„Ja", sagt Lilith, als würde es ihr schwerfallen.

Ich weiß nicht, ob sie merkt, dass alle Augen jetzt auf sie gerichtet sind. Der murmelnde Junge hört auf zu murmeln.

Lilith seufzt leise. „Jemand hat mir verraten, dass er weglaufen möchte."

[redacted]!

„Ich meine, derjenige hat es mir im Vertrauen gesagt", fährt sie fort.

[redacted]!

Das Rauschen kommt mit solcher Wucht, dass ich sie kaum noch verstehen kann. Ich muss mich konzentrieren, um mitzukriegen, was der blonde Dämon weiterquatscht. Rot fließt in meine Augen. Mein Blut schießt so schnell durch meine Adern – wenn ich jetzt einen Kratzer hätte, würde ich in Sekunden verbluten. Der ganze Raum wäre rot, überschwemmt von meinem Blut.

Ich bin nicht mal böse auf Lilith. Ich bin so wütend wie noch nie in meinem Leben – auf mich! Auf mich, mega-[redacted], [redacted], [redacted]! Wie konnte ich so [redacted] sein, ihr zu vertrauen? Niemals, [redacted] niemals brichst du Regel Nummer eins! Am aller-aller-wenigsten in der ersten Nacht. In der ersten Nacht hältst du deine blöde [redacted] [redacted], [redacted] [redacted] noch mal!

„Ich versteh denjenigen ja auch total", fährt Lilith fort, das Verständnis in Person, die verlogene kleine [redacted]. „Ich meine, die Eltern sind bei einem Flugzeugabsturz gestorben und dann …"

[redacted] gnadenlos!

„… ist der Bruder so weit weg in Italien. Aber das ist doch trotzdem keine Lösung, oder … einfach so abzuhauen? Ich meine, derjenige ist erst elf!"

Natürlich wussten alle schon vorher, von wem sie redet, auch wenn sie „derjenige" statt „diejenige" sagt, aber ich spüre trotzdem, wie die Blicke zurückkommen, die ich gerade erst mühsam zerschlagen habe. Alle sehen mich an.

Aber da räuspern Sie sich. „Ich wüsste beim besten Willen nicht, von wem du da redest, Lilith", sagen Sie kühl. „Ich kenne die Akten aller Schüler. Niemand hier hat seine Eltern bei einem Flugzeugunglück verloren."

Liliths Gesicht ist unbezahlbar! [redacted] unbezahlbar! Als hätten Sie die kleine [redacted] in eine Wanne voll Eis geworfen.

Dantes Lachen sprudelt hervor wie warme Cola aus einer geschüttelten Dose. Es kommt mit so viel Druck, dass es richtig rausschießt.

Die Kleine fragt sich, wie das sein kann. Ich hab doch so aufrichtig geklungen gestern Nacht. Tja, Regel eins hab ich vielleicht gebrochen, Engelchen Lilith – aber nicht eins A! Die reine Wahrheit ist eine andere Sache.

Nur hab ich Lilith wieder unterschätzt: So schnell gibt der lockige Teufel nicht auf.

„Oh, dann hab ich sie wohl missverstanden", sagt sie und lächelt ihr kleines Lächeln mit den kleinen Zähnen. Sie wendet mir ihr Gesicht zu. Ich frage mich, warum – sehen kann sie mich ja nicht. Trotzdem weiß sie so [redacted] genau, wo ich sitze, dass ich mich kurz frage, ob das mit der [redacted] Blindheit auch eine Lüge ist. „Dann stimmt das mit deinem Bruder auch nicht?", fragt sie. „Der, den du so vermisst, dass du sein Hemd trägst, und den du suchen willst? Noah?"

Es kam schon mit dem Hemd, das Rauschen. Aber als sie seinen Namen sagt, passieren zwei Dinge: Die [redacted] Noah-Tür in meinem Kopf schwingt auf, eine

Flut von Bildern kommt heraus und überschwemmt mein Gehirn. Noah und ich beim Angeln; Noah und ich beim Computerspielen unterm Weihnachtsbaum, beide auf dem Bauch, jeder ein Gamepad in der Hand; Noah und ich beim Grillen im Park, Ruß und Barbecuesoße im Gesicht, Noah und ich im Seebad, wie wir uns gegenseitig untertauchen …

Und ein erstaunlicher Schuss Hass kommt dazu, als dieses [redacted] kleine [redacted] seinen Namen sagt. Dabei wird das Rauschen so laut, dass ich nichts mehr höre, und das Rot so intensiv, dass ich nichts mehr sehe. Das Letzte, was ich weiß, ist, dass ich von meinem Stuhl hochfahre. Ich weiß, dass ich mich auf sie stürzen werde, [redacted] Blindheit hin oder her. Ich werd sie erwürgen, das [redacted] [redacted]!

Aber irgendwas stimmt nicht. Irgendwas ist anders. Ich versuche verkrampft, Luft in die Lunge zu kriegen, und spüre, dass meine Zähne gebleckt sind, meine Fäuste geballt, aber ich treffe auf nichts und niemanden. Atmen ist schwerer als sonst. Ich hab Klammern um den Oberkörper. Und ich sitze wieder. Warum sitze ich? Bin ich hingefallen?

„Was gewinnst du?“, fragt Dantes Stimme in meinem Kopf. „Denk nach!“

Nein, nicht in – an meinem Kopf, ganz nah, so nah,

dass ich es durch das Rauschen hindurch höre. Was gewinne ich? Was soll das denn heißen?

Dann ruft er: „Karan, Tür."

Und ich schwebe. [redacted]!

Das Rauschen ist unerträglich laut. Aber seine Stimme kann ich immer noch hören. „Was hast du davon, hm?"

[redacted]! Was soll das heißen? Was soll das? Warum redet er mit mir? Warum höre ich ihn? Ich strample und trete und will boxen, aber meine Arme liegen an meinem Körper, unter den Eisenklammern.

„Enni? Enni, atme durch die Nase."

Ich will ihn schlagen, aber ich weiß nicht, wo er ist. Ich weiß nicht, wo ich bin. Ich fühle, dass meine Wangen nass werden, und könnte kotzen! Das ist neu! Ich heule nie wie ein [redacted] Loser! Mir ist richtig [redacted] übel jetzt. Lieber kotzen als heulen, echt!

Irgendwie schaffe ich es, Luft durch die Nase zu ziehen. Ist ungefähr so leicht, wie ein Nilpferd durchs Schlüsselloch zu quetschen. Aber ich schaffe es.

„Gut“, sagt Dante.

[redacted] mich!

Trotzdem hat der Atemzug geholfen. Ich sehe, wo ich bin. Ich sitze auf einem der Holzbalkone mit Blick auf den See. Die Luft ist kühl. Der Hügel gegenüber ist übersät mit Wiesenblumen. Dahinter die Berge, unbewegt. Ich sitze. Nicht auf einem Stuhl, auf einem Rollstuhl, auf Dantes Schoß. Er hat die Arme um meinen Oberkörper gelegt, als würde er mich umarmen. Oder erdrücken. Eher erdrücken. Ich hab garantiert blaue Flecken davon. Sofort will ich mich losreißen. Keine Chance. Seine Arme sind Holz. Ich will ihn mit den Ellbogen in den Bauch stoßen. Doch ich kann die Arme keinen Millimeter bewegen.

„Sag was und ich lass dich los“, verspricht er.

Ich atme noch mal durch die Nase ein. Aber ich kann nicht reden. Noch nicht. Da steckt zu viel in meiner Kehle. Noch passen keine Worte durch. Minuten vergehen. Der Wind lässt die Wiesenblumen wogen und legt den See in Wellen. Das Rauschen in mir klingt ab.

„Was“, hauche ich.

Sofort geht der Druck aus seinen Armen. Sie liegen nur noch lose um mich rum. Ich springe nicht auf. Dazu bin ich zu schwach. Ich zittere. Wenn ich jetzt aufspringe, knicken meine Knie ein. Der [redacted] peinlichste Augenblick meines Lebens.

„Nur kurz“, krächze ich.

„Alle Zeit der Welt“, sagt er locker. „Ich hab nicht vor aufzustehen.“

Ich atme noch mal ein und starre auf den See. Die Stille hilft. Das Rauschen ist leiser, aber ich sehe immer noch rot.

„Du hast sie nicht gekillt“, sagt Dante. „Falls du dich das fragst. Ich hab dich vorher erwischt und dich rausgebracht.“

Ich nicke. Ich frage mich, woher er weiß, dass ich das nicht selbst weiß.

„Sie ist der Teufel“, würge ich mühsam hervor.

Dante schnaubt. „Nein. Sie ist nur ein Biest.“ Ich höre, dass er grinst. „Ich hab dich gewarnt.“

„Einen [redacted] hast du!“

„Ich hab dir gesagt, halt dich an Karan.“

„Karan hat kein Wort gesagt!“

„Eben.“

Ich sage nichts. Ich atme. Eine ganze Weile, bis das Rot absickert.

„Danke“, sage ich dann. „Glaub ich.“

„Jederzeit. Willst du wieder rein?“

Ich schüttle den Kopf und stehe auf. Meine Knie zittern immer noch ein bisschen. Dante fährt ein Stück zurück, damit ich Platz habe. Zum ersten Mal sehe ich ihm ins

Gesicht, nur kurz. Er sieht mich an wie ein Kartenhaus. Nicht sicher, ob er schon loslassen kann, ohne dass es zerfällt.

„Du hast es ihr aber ganz gut heimgezahlt mit deinen tragisch verunglückten Eltern. War das erste Mal, dass einer nicht ganz auf Lilith reingefallen ist …" Er lächelt. „Was ist mit dem anderen Teil?", fragt er dann. „Dass du abhauen willst? Ist da was dran?"

Ich schaue auf den See. Ich will ihn nicht anlügen. Aber in diesem Augenblick fühlt es sich an, als würde die Wahrheit etwas kaputt machen.

„Verstehe", sagt Dante.

Als ich mich wieder umdrehe, ist er weg. Ich beuge mich über die Balkonbrüstung und kotze den letzten Rest Wut aus.

ALBA

Na klar gibt's danach jede Menge Gequatsche. Erst mal mit der Halbach. So richtig Ärger hab ich nicht, weil hier eh alle [redacted] Psychos sind. Deshalb erwartet auch keiner wirklich, dass ich mich normal verhalte. Sie sagt mir nur, dass ich ein eigenes Zimmer kriege. Damit ich die süße Lilith nicht kille. Das sagt sie nicht, ist aber klar, dass es darum geht. Ist mir recht. Ich krieg ein Zimmer unterm Dach. Das ist der dritte Stock und der ist noch nicht fertig renoviert, erklärt die Halbach. Wahrscheinlich die einzige Gummizelle, die gerade frei ist.

Ist mir schon gestern auf dem Balkon aufgefallen, dass auf der Bergseite ein [redacted] hässliches Gerüst an der Fassade steht, bis unters Dach. Die Talseite sieht frisch gestrichen aus, auch die Fenster. Aber die Bergseite ist irgendwie bröselig. Die Farbe blättert von den alten Holzbalkonen und die Fensterläden hängen schief.

Die Schlafzimmer und Aufenthaltsräume sind im ersten Stock, die Klassenzimmer im Erdgeschoss. Irgendwas super [redacted] Modernes! Die Klassen sind nicht nach Alter geordnet, sondern nach Leistung. Deshalb muss ich [redacted] Einstufungstests in sämtlichen [redacted] Fächern machen. Die meisten sind stinklangweilig und ich häng mich da auch nicht groß rein. Ich mein – wozu?

Aber Mathe ist irgendwie spannend. Zehn Aufgaben und ich darf mir aussuchen, welche davon ich machen will. Die ersten sechs sind so leicht, die kann echt jeder [redacted]. Ich frag mich schon, ob die denken, ich bin ernsthaft behindert. Aber die nächsten drei sind okay, langweilig, aber okay. Und dann die zehnte Frage, die ist interessant. Eine lange Gleichung mit zwei Variablen, x und y … Bevor ich noch groß entschieden hab, was die Mathefrau von mir denken soll, bin ich schon mittendrin. Stellt sich am Ende raus, dass x gleich y ist. [redacted], wer hätte das gedacht?

Die Halbach rückt ihre rote Brille zurecht. „Kann es sein, dass du dich von einem der Balkone übergeben hast?"

„Nein."

Sie schweigt. Wir wissen beide, dass ich lüge. Und dass sie's mir nicht beweisen kann.

„Ist das Ihre Tochter?", frage ich und deute auf das Bild, das auf ihrem Schreibtisch steht.

„Ja. Alba“, sagt sie knapp und lächelt etwas gequält. Sie will nicht über sich reden. „Enni …“

„Geht sie auch hier zur Schule?“

„Ja … Enni, vielleicht –“

„Waren Sie da im Urlaub, auf dem Foto?“

Sie runzelt die Stirn, genervt jetzt. „Ja, waren wir. Das ist Thailand.“

Thailand. Alba. In meinem Kopf macht es klick. Und noch mal [redacted] klick. Natürlich wird es nicht einfacher abzuhauen, jetzt, wo der blonde Dämon meinen Plan verraten hat. Aber so richtig glaubt Lilith eh keiner, weil sie den Schwachsinn mit meinen Eltern erzählt hat.

Ich bin nicht komplett bescheuert. Klar weiß ich, dass ich einen guten Plan brauche, um Noah zu finden. Zuerst mal muss ich an mein Handy kommen. Das ist wahrscheinlich nicht mal [redacted] Diebstahl, weil's ja angeblich immer noch mein [redacted] Eigentum ist. Dann schickt mir Noah seine neue Adresse, wenn er es nicht schon gemacht hat. Natürlich brauch ich erstens Geld und zweitens einen Reisepass, um in die Schweiz zu kommen.

Alba ist zwölf, vielleicht sogar erst elf, wie ich. Wir sehen uns ähnlich. Zumindest haben wir beide dunkle Haare – wenn sie nicht gefärbt sind – und dunkle Augen. So genau werden die nicht hinsehen, oder?

Die Sache ist die: Ich fahr nicht mit der Bahn. Ich fliege auch nicht. Ich nehme den Bus! Ich weiß, da denkt irgendwie keiner dran. Aber den kannst du online buchen. Und es gibt einen Nachtbus, der fährt von Freiburg in Deutschland nach Basel in der Schweiz. Wetten, dass die Erwachsenen eh pennen, so nachts in einem [illegible] Bus? Wenn mich einer fragt, wo meine Eltern sind, deute ich auf eine schlafende Frau … Mama! Und gut is.

„Enni?", sagt die Halbach. „Alles in Ordnung?"

Ich nicke.

„Wohnen Sie auch im Internat?", frage ich.

Sie blinzelt. Offenbar hab ich ein paar Fragen überhört, dazwischen.

„Ja", sagt sie widerwillig. „Hast du keine Führung bekommen? Der Lehrertrakt ist im Westflügel. Wir haben Appartements."

Sie spricht es französisch aus. Appart-e-mohs. Ich frag mich, wie schwierig es sein wird, in ihr Appart-e-moh zu kommen, um den Pass-e-port ihrer Tochter zu finden. Oder ist der hier im Büro?

„Enni." Sie mag den Namen nicht. Sie spricht ihre Schüler gern mit vollem Namen an, am besten mit mehreren Vornamen. Konstantin Magnus gefällt ihr garantiert oder Magdalena Eugenia. Vielleicht hat Polizist Dirk sie gewarnt, dass es keine gute Idee ist, meinen vollen Namen zu benutzen. Sie bleibt bei Enni. „Enni, ich weiß nicht, ob dir klar ist, was für eine Institution das hier ist."

Alles klar: eine Klapse. [redacted] Psychoschuppen. Irrenhaus. [redacted] Kuckucksnest.

„Das Saakser Institut ist … privat, elitär. Wir nehmen hier nur Schüler und Schülerinnen mit besonderen Bedürfnissen auf, die nach einem ausführlichen Bewerbungsprozess vom Stiftungsrat ausgewählt wurden. Die Warteliste ist sehr lang. Manche Namen stehen seit Jahren drauf. Das Schulgeld ist … hoch. Mehr als ein durchschnittliches Monatseinkommen."

Ich weiß nicht, ob sie das schnallen würde, wenn's ihr einer sagt, aber: Wenn du nicht freiwillig da bist, dann ist es dir [redacted] egal, wie geil dein Knast ist. Weil, ob der Käfig aus Gold oder aus Stahl ist, ist komplett für'n [redacted]. Mir ist es auch relativ [redacted] egal, wie [redacted] lang man braucht, um hier reinzukommen. Mich interessiert vor allem eins: wie ich hier wieder wegkomme. Trotzdem steht eine Frage in ihrem Büro. Ich tue ihr den Gefallen und stelle sie:

„Wenn das hier alles so [redacted] teuer ist – wer bezahlt dann mein Schulgeld? Die Haagens?"

Ich habe einen Hunderteuroschein in dem Koffer gefunden, den Noahs Mutter für mich gepackt hat. Vielleicht ist es ihnen wichtig, dass es mir gut geht, auch wenn ich nicht bei ihnen bin? Ganz kurz kommt so eine Wärme auf bei dem Gedanken – bis die Halbach den Kopf schüttelt. „Nein, nicht deine Pflegeeltern. Du hast ein volles Stipendium. Bis zum Abitur, wenn du das möchtest. Das Schimpfwort kostet dich übrigens 50 Cent oder eine halbe Stunde Haushaltsdienst.“ Sie kritzelt etwas in ein gelbes Buch und sieht mich durch die rote Brille bohrend an. „Du meldest dich nachher gleich bei unserem Hausmeister, Herrn Armut. Er sagt dir, was du machen sollst.“

Jetzt bin ich doch interessiert. „Warum?“

„Weil Fluchen hier ebenso wenig geduldet wird wie Mobbing und Gewalt. Es verroht den Charakter.“

„Nein, ich meine, warum hab ich ein Stipendium?“

Sie sieht mich immer noch so an. Als hätte ich ihr einen [redacted] Witz erzählt, den sie nicht verstanden hat. Als hätte ich wieder einen toten Vogel angeschleppt.

„Das ist die Frage“, murmelt sie, aber nicht mehr zu mir. Sie kann sehen, dass ich es nicht weiß.

„Haben alle hier ein Stipendium?“

„Nein. Nur zwei Schüler und … egal. Deine Testergebnisse waren durchschnittlich“, erklärt sie und klappt dabei einen Aktendeckel auf. Das ist also nicht die Erklärung, die sie sich erhofft hat, dass ich so ein [redacted] Genie bin. „Im Großen und Ganzen altersgerecht.“ Sie sieht wieder auf. „Bis auf Mathematik. Da wirst du die Begabtenförderung bei Frau Edmund-Horbarth besuchen.“

Keine große Überraschung. Zeit für einen Versuch.

„Frau Halbach … in Berlin hat mir das Jugendamt mein Handy weggenommen. Die haben gesagt, nur kurzfristig, bis – “

Sie nickt, hat schon darauf gewartet. „Informationen zu Mobiltelefonen findest du in den Hausregeln. Die hatte ich dir an deinem ersten Tag gegeben.“

Na klar, die hab ich [redacted] auswendig gelernt. Das Teil ist länger als der Herr der Ringe! Ich sehe sie weiter an, versuche ein Lächeln. Sie seufzt.

„Mobiltelefone sind nur an den Wochenenden erlaubt und für neue Internatsbewohner nicht während ihrer ersten sechs Wochen hier.“

„[redacted]! Was soll denn der [redacted], [redacted] [redacted]?“, fahre ich auf. „Ich muss doch meine [redacted] Familie anrufen können!“

Sie schlägt wieder das gelbe Büchlein auf und zückt einen Stift. „Das macht dann drei Euro oder drei Stunden Haushaltsdienst.“

„[redacted]!“

„Dreieinhalb!“

Es rauscht in meinen Ohren. Ich versuche es mit Dantes Nasenatmung. Ich werde den [redacted] Rest meines [redacted] Lebens in Saaks Kartoffeln schälen, wenn ich nicht meinen [redacted] Mund halte! Ein kleiner Atemzug durch die Nase. Nicht daran denken, wie oft ich das Handy in den letzten Tagen zücken wollte. Angeblich können Menschen, denen Körperteile amputiert wurden, sie immer noch spüren. Mir geht's mit dem Handy genauso. Phantomschmerzen.

„Ich möchte nur kurz nachsehen, ob mein ... mein Pflegebruder mir geschrieben hat“, sage ich. Ich ärgere mich, dass es so bettelnd klingt. „Ich will nur wissen, ob's ihm gut geht und er –“

„Deine frühere Pflegefamilie findet die Kontaktdaten des Saakser Instituts im Internet. Sie kann dich jederzeit erreichen“, unterbricht sie mich schroff.

Das Gespräch ist beendet. Ich stehe auf und gehe zur Tür.

„Ach, und Enni?“

Ich drehe mich noch mal um.

„Du bist bestimmt zu vernünftig dafür. Ich sag’s dir trotzdem: Lass dir nicht irgendwelchen Unsinn wegen des neuen Zimmers einreden.“

Meine Ohren zucken. Das ist auch so was, das du in Heimen und WGs schnell lernst: Wenn es ein Gerücht gibt, dann ist immer, immer auch was dran!

„Unsinn?“, frage ich nach.

Sie macht eine Handbewegung, als wollte sie eine Fliege verscheuchen. „Von wegen Spuk und Geistererscheinungen. Der dritte Stock ist bislang unbewohnt. Die Renovierungsarbeiten sind noch nicht abgeschlossen. Da erfinden die Schüler gern Geschichten. Alles Unsinn, wie gesagt.“

„Okay.“

Geister. Geister! Die Alte steckt mich in ein Horrorzimmer!

Gerade als ich die Tür aufmachen will, klopft es und sie geht auf.

Dante sitzt davor. Er hat seit meinem Lilith-Anfall nicht mehr mit mir geredet. Die Halbach steht auf.

„Dante“, sagt sie mit einer Stimme, die sie bei mir nicht verwendet hat. Wahrscheinlich bewahrt sie die in einer Truhe auf, zusammen mit dem besonders kostbaren Weihnachtsschmuck. „Was kann ich für dich tun?“

Er sieht mich an, Berggipfel spiegeln sich in den grauen Augen.

„[redacted]“, sagt er. Er wendet sich der Halbach zu, lächelt freundlich, verständnisvoll, und fügt sanft hinzu: „[redacted]!“

Sie seufzt und zückt das gelbe Buch. „Du könntest auch einfach mal nett fragen“, sagt sie, „Ob du eine Stunde Rasen mähen darfst.“

Er lacht. Mit allen Zähnen.

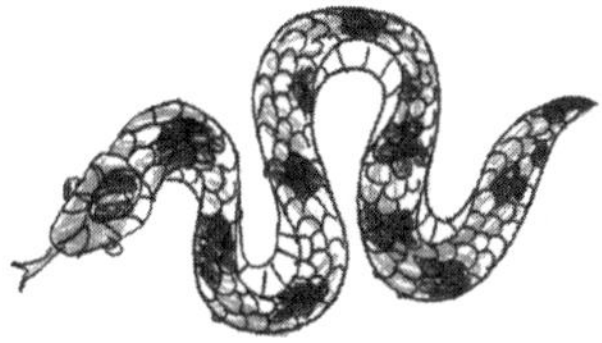

WILDCARD

Ich hab mal in einer WG gewohnt, die war zwei Minuten vom Berliner Zoo. Auf dem Weg zur Schule hab ich über die Hecke Lamas, Gazellen und Flamingos gesehen. War jedes Mal krass. Eins der anderen Mädchen hat's gehasst. Die hat panische Angst vor Schlangen gehabt, und im Aquarium gibt's praktisch alle Sorten: von der Python bis zur Kobra.

„Ich versteh's nicht", hab ich zu ihr gesagt. „Da ist ein ganzes [redacted] Haus mit dicken Wänden um die [redacted] Viecher rum. Und in dem Haus sind noch mal [redacted] Glaskäfige. Sogar wenn die da rauskommen würden, würden sie's nicht über die Straße schaffen. Und garantiert nicht zu uns in den fünften Stock."

Sie hat mich angeschaut, als wüsste ich nicht, wie man Wasser trinkt. „Das ist doch [redacted] egal!", hat sie gefaucht. „Ich weiß, dass sie da sind!"

Das fällt mir ein, als ich Ahmet Armut sehe. Er war der Scharfschütze, mit dem sich die Halbach beim Essen unterhalten hat. Jetzt steht er vor dem Geräteschuppen und raucht einen fetten, stinkenden Zigarrenstummel. Aber da ist ein Geruch um ihn, der noch durchdringender ist: nach Gewalt und trockener Härte, nach Brutalität und Schmerz, nicht ausschließlich seinem eigenen. Ich will nicht sagen, dass ich Angst hab vor ihm, darum geht's nicht. Seine Schlangen tun keinem was – aber du weißt trotzdem, dass sie da sind, hinter den Wänden.

An den Armen hat er wirklich Schlangen, tätowierte allerdings. Und Drachen und chinesische Schriftzeichen. Er trägt ein weißes Unterhemd ohne Ärmel, deshalb sehe ich sie schon von Weitem. Und dazwischen die Narben. Kleine, runde und längliche, die sich wie dicke Würmer über die Haut ziehen bis rauf zum Hals. An dem baumelt wie ein erfolgloser Galgenstrick eine [redacted] Krawatte. Ich ertappe mich dabei, dass ich ihn nach der Krawatte fragen will, und muss grinsen. Nicht nach den tausend Tätowierungen, nicht nach den zig Narben. Nee, ich will ihn nach der [redacted] Krawatte fragen. Dante wirft mir einen Seitenblick zu und grinst auch.

„Er hat seinem Vater versprochen, dass er mal einen Job macht, bei dem er eine Krawatte trägt", sagt Dante leise und gerade noch rechtzeitig, bevor wir in Hörweite sind.

„Hey“, sagt Ahmet und sieht erst Dante an, lächelt, ohne seinen Mund zu bewegen. Nur seine Augen kräuseln sich an den äußeren Enden. „Wie lang habt ihr?“

„[redacted] und [redacted]“, sagt Dante, und Ahmet lacht.

„Also ’ne Stunde. Dafür ist locker genug Benzin drin.“ Er sieht mich an. „Und die Wildcard?“

„Enni hat dreieinhalb Stunden. Sie kommt mit.“

„Die was?“, frage ich. „Wild Cat?“

Ahmet macht einen halben Schritt auf mich zu, und ich reiße mich zusammen, damit ich keinen Schritt zurückweiche. „Ich steig noch nicht ganz durch bei dir“, sagt er.

Er macht mir keine Angst. Aber ich hab einen Heidenrespekt vor ihm. Solche Augen erwartest du nicht bei einem Hausmeister, nicht an einer Schule. Solche Augen gucken durch ein Suchfernrohr, den Finger darunter am Abzug. Ich versteh nicht ganz, was er meint, womit er nicht durchsteigt bei mir. Aber es hat garantiert was mit meinem Stipendium zu tun, das der Halbach quer im [redacted] steckt. Ich recke das Kinn vor.

„Vielleicht geht Sie’s einfach einen feuchten [redacted] an?“, bluffe ich. Gerade darum, weil ich den Höllenrespekt hab. Nie Angst zeigen. Am wenigsten dann, wenn sie gerechtfertigt ist.

Ahmet Armuts Lachen explodiert aus seiner Brust. Dante hingegen schließt die Augen. Als könnte er nicht hinsehen. Dabei klopft mir Ahmet nur auf den Rücken. Bricht mir höchstens ein, zwei Schulterblätter dabei, aber er meint's bestimmt gut.

„Recht hast du", sagt er und sperrt den Schuppen auf. „Bleib dabei. Gute Haare übrigens."

Dante macht die Augen wieder auf und sieht mich von unten herauf an, eine Augenbraue leicht hochgezogen: Echt jetzt?, fragt er ohne Worte. Ich zucke mit den Schultern. Ist doch alles gut. Wir grinsen uns an.

Ein Motor springt knatternd an und Ahmet fährt rückwärts mit einem kleinen Traktor aus dem Schuppen. Ich hab so was noch nie gesehen. Das Ding hat einen Ledersitz und ein Lenkrad und hinten einen großen Behälter, wahrscheinlich für Gras. Vorn sind [redacted] Flammen draufgemalt. Es klingt wie ein Helikopter.

„Das ist Mo", ruft Dante über den Motorenlärm. „Ahmet hat ihn ein bisschen aufgemotzt."

Mo, der [redacted] Rasenmäher-Traktor. Gerade frage ich mich, ob Ahmet und ich Dante in den Sitz heben müssen, als der mit zwei schnellen Bewegungen den Rollstuhl rückwärts an den Vorderreifen des Traktors fährt. Er greift nach dem Lenkrad und zieht sich scheinbar mühelos hoch. Kein Kunststück – seine Oberarme sind dicker als meine Oberschenkel. Und schon sitzt er im Sattel, ein Bein links, eins rechts. Und hier kommt der Ausgleich:

Seine Beine sind kaum dicker als meine Arme. Ahmet setzt sich in den Rollstuhl und fährt auf der Stelle vor und zurück. Nicht halb so elegant und mühelos wie Dante. Der sieht mich an.

„Aufsteigen."

Ich klettere hinter ihm auf den Sitz. „Darfst du das Teil überhaupt fahren?"

„Nein", sagt er. „Das darf eigentlich keiner fahren. Mo dürfte nicht schneller als zehn km/h sein. Ahmet hat ein kleines Moped draus gebastelt."

Ahmet sieht ihn streng an und legt einen Finger auf die Lippen.

Dante salutiert und gibt Gas.

Ich hätte erwartet, dass wir losrasen, aber Mo tuckert gemächlich auf den See zu. Ein paar Leute gehen am Ufer spazieren. Touristen, die entweder mit der Seilbahn hochgekommen sind oder durch den Fenrisforst.

Hinter dem See geht der Hügel hoch bis zu den ersten Felsspitzen. Die Wiesenblumen wogen wie ein grünes Meer mit blauen, gelben und weißen Farbtupfern. Wir fahren den See entlang darauf zu. Es riecht leicht nach Benzin, nach Kräutern und nach Shampoo. Das Shampoo ist Dante. Seine Haare sehen aus wie Weizen mit Goldfäden darin. Ich habe noch nie blonde Haare von so Nahem gesehen. Einzelne Strähnen glänzen golden, und ich hebe die Hand, um sie anzufassen, lasse es dann aber. Sind ja Haare. Und noch an ihm dran, [redacted]!

Ich drehe mich zum Internat um. Das [redacted] Gerüst stört den Anblick ein bisschen, aber es sieht trotzdem eher aus wie ein teures Hotel als wie ein [redacted] Internat oder eine Schule. Wenn sich das Haus so im See spiegelt, sieht es richtig friedlich aus, freundlich. Ich könnte hier im Urlaub sein, mit meiner Familie. Einem Wanderurlaub mit Rucksack und Bergschuhen.
In [redacted] Südtirol.

Der Gedanke stößt die Tür auf: Noah.

Noch sind sie in Italien. In der Zeit verpackt das Umzugsunternehmen die Wohnung in der Clausewitzstraße am Ku'damm in Kartons. Wenn sie zurückkommen, sieht nichts mehr so aus wie vorher. Und nichts erinnert mehr an die acht Monate, die ich dort gewohnt hab. Vielleicht ist es dann nicht so schwer für Noah, dass mein Zimmer leer ist, das mit den weißen Wänden. Oder tut es ihm trotzdem weh? Wird er in der Tür stehen und mich am Schreibtisch sehen, wie ich mich umdrehe und ihn angrinse? Bin ich der Geist in der Wohnung der Haagens?

Die Noah-Tür schlägt zu, als Dante den Schlüssel umdreht und der Motor ausgeht. Die Stille nach dem Lärm ist [redacted] ohrenbetäubend. Wir stehen ganz oben auf dem Hügel, über uns ragen die Berge auf und unter uns liegen der See und das Internat. Wenn ich nicht so stinksauer wäre, dass sie mich hierhergeschleift haben, dann wäre es ein wirklich [redacted] krass geil schöner Ort. Ich war noch nie an so einem Ort. Ich mag ja den Berliner Tiergarten, aber Berge gibt's da nicht. Vielleicht ein paar Ameisenhügel, aber das war's auch schon. Und still ist es da auch nicht. Hier ist es so leise, dass ich nur den Wind höre und das Gräsermeer, das darin wogt.

„Also", sagt Dante und dreht sich im Sitz um, damit er mich ansehen kann. „Du hast einen Bruder und der ist aus irgendeinem Grund in Italien. Deshalb willst du von hier abhauen und ihn suchen."

Ich blinzle ein paarmal. Wenn er es so zusammenfasst, klingt es [redacted] lächerlich. Darum sage ich erst mal nichts.

„Ist er jünger oder älter als du?", fragt er.

„Älter. Noah ist zwölf."

Das hat er schon befürchtet. Ich warte darauf, dass er was sagt, damit ich widersprechen kann. Ich kann schon ein leises Rauschen hören. Aber er sagt nichts dazu.

„Weißt du, wo genau er ist?", fragt er.

„Die haben mir mein Handy abgenommen."

Er nickt. „Die sind alle bei der Halbach im Büro. Oberste Schreibtischschublade rechts."

„Du weißt nicht zufällig, wo der [redacted] Schlüssel ist?"

„Nein. Aber ich kenne jemanden, der das Schloss knacken kann."

„Ahmet Armut?"

Er lacht. „Ja, aber den würd ich lieber nicht fragen. Es gibt jemanden, dem er gezeigt hat, wie's geht." Dante spielt mit dem Schlüssel des Traktors. „Wie willst du's machen?", fragt er leise. „Nach Italien kommen, mein ich. Mit der Bahn? Trampen?"

Die Sache ist die: Ich weiß nicht alles über Leute, bloß weil ich sie beobachte und ihnen zuhöre. So was kann keiner. Es ist immer ein bisschen wie eine Wette mit dir selber, wenn du andere einschätzt. Das ist wie diese Scanner am Flughafen, die dir [redacted] Krebsstrahlung verpassen. Da sitzt auch einer am Monitor daneben und sieht darauf die Leute, die in dem Glasrohr stehen. Und die Stellen, wo die vielleicht eine Waffe haben, die leuchten rot. Meistens ist es dann doch keine Waffe, sondern ein Fettpolster oder eine Hemdfalte. Ich hab so einen Scanner, aber meiner funktioniert besser: Bei den meisten Leuten weiß ich nach einer Minute, wo's rot leuchtet. Was ich sagen muss, damit sie mich mögen. Und was ich sagen muss, damit sie austicken … Die meisten Wetten gewinne ich. Bis auf eine und die verunsichert mich …

„Ich hab Lilith vertraut", sage ich. Ist mir [redacted] megapeinlich. „Ich hab ihr nicht total vertraut, aber ich hätte auch nie gedacht, dass sie mich verpetzt."

Dante sieht mich interessiert an. Seine Augen sind wie die Felsen hinter ihm: grau und fest. Er versteht genau, was ich meine. Er hat auch einen Scanner und gewinnt oft Wetten. Deshalb gehen in diesem Augenblick bei uns beiden Türen auf.

„Ich glaube, es ist, weil sie blind ist", sagt er langsam.

Es fühlt sich an, als würde etwas in meinem Brustkorb aufflattern. Irgendein versteckter [redacted] Vogel, der bisher gepennt hat. Darüber hat Dante noch nie mit jemandem geredet. Jede Wette. Und ich auch nicht. So ganz von Psycho zu Psycho.

„Sie weiß nicht, wie sie aussieht, wenn sie überrascht ist

oder traurig oder gelangweilt“, überlegt er weiter. „Darum geht sie vorsichtiger damit um, was ihr Gesicht ausdrückt, bewusster. Deshalb kann man sie so schwer lesen.“ Er taucht aus seinen Gedanken auf und lächelt mich an. „Wir sind alle schon auf sie reingefallen.“

„Aber warum macht sie das? Ich meine, sie hat doch einen [redacted] davon, dass sie mich verraten hat.“

„Ich glaube, sie ist einfach ein [redacted]“, sagt Dante. „Und zufällig eben ein blindes [redacted].“

„Geschieht uns recht. Voll krasses Vorurteil, dass jemand nett ist, nur weil er aussieht wie ein Engel und blind ist. Vielleicht hat sie's extra deshalb gemacht.“

Wir sehen uns an, so ein bisschen in der Luft. Weil, das löst gar nichts. Zumindest nicht die Frage: Warum sollte ich ihm vertrauen?

Und dann macht Dante seine Truhe auf. Die mit dem besonders kostbaren Weihnachtsschmuck, und lässt mich reingucken.

„Ich hab eine Halbschwester“, sagt er. „Marie. Sie wohnt mit unserer Mutter und ihrem Vater zwanzig Kilometer von hier. Jeden zweiten Sonntag kommt mich meine Mutter besuchen. Manchmal ist Marie dabei. Ihr Vater ist ein dämliches [redacted] und hat noch nie länger als ein halbes Jahr denselben Job gehabt. Er kann mich nicht leiden und riecht nach Zigaretten und Bier.

Aber wenigstens ist er zu Hause, bei seiner Tochter. Im Gegensatz zu meinem Vater. Ich weiß nicht mal, wie der [redacted] heißt."

Er sagt es völlig sachlich, ohne Traurigkeit oder Wut. Darum weiß ich, wie viel Traurigkeit und Wut da sein müssen. Irgendwo hinter den Wänden, wie Ahmet Armuts Schlangen.

Ich habe keine Truhe. Ich habe nicht mal mehr einen Schuhkarton. Aber ich habe auch Traurigkeit und Wut, die ich ihm zeigen kann.

„Ich will nicht nach Italien", sage ich. „Ich will in die Schweiz. Noah zieht mit seinen Eltern in die Schweiz."

„Das macht's nicht einfacher."

„Nein." Deshalb hab ich's ihm erzählt, eigentlich: „Allein krieg ich's nicht hin."

Und dann erzähl ich ihm von meinem Plan. Und von Noah. Das ist ein bisschen, als wären kleine Glasscherben in die Erinnerungen gemischt. Über ihn zu reden, tut weh. Aber Dante hört zu. Ein paarmal denke ich, er will was sagen, aber dann tut er's doch nicht.

„... Ich durfte mich nicht verabschieden", sage ich schließlich. „Wär wohl zu schwer gewesen für alle."

Dante dreht sich um und schaut zum Internat runter. Wahrscheinlich fragt er sich, warum irgendjemand so [redacted] ist, dass er von hier weg will. Da sehe ich, dass sein Unterkiefer verkrampft ist und er nur flach atmet. Er kämpft damit, etwas zu sagen – und gewinnt. Dante ist … sauer? Enttäuscht? Die Erkenntnis fühlt sich an wie Eiszapfen in meiner Brust.

„Und was macht ihr dann?“, fragt er kühl. „Nachdem Noah vor seinen Eltern geflüchtet ist und du von hier? Baut ihr euch eine Hütte im Wald, sammelt Nüsse und Beeren? Oder wollt ihr in den Bergen Ziegen hüten? Was ist der Plan?“

Es würde mich nicht so treffen, wenn ich nicht gerade noch mein [redacted] Kettenhemd abgelegt hätte. Ich bin so verletzt, dass meine Stimme hohl klingt, als ich antworte. „Was geht dich das an, [redacted]?“

Eine lange Minute schweigen wir. Dann:

„Okay“, sagt Dante mit leichter Stimme, als hätte er irgendwas losgelassen. „Ich rede mit den anderen. Wir helfen dir abzuhauen und sorgen dafür, dass es nicht zu schnell auffliegt. Hast du Geld?“

Ich zucke mit den Schultern und nicke. Hundert Euro. Das ist mehr, als ich je auf einmal gehabt habe. Und viel zu wenig. Aber das erzähle ich ihm nicht mehr. Ich habe das Kettenhemd wieder an.

Dante sieht mich an, seine Augen wie der Felsen hinter ihm: kalt und schroff. „Es gibt allerdings eine Bedingung.“

Na klar gibt’s die. Jeder hat [redacted] Bedingungen.

„Welche?“

Er grinst mich an, Felsenaugen funkelnd: „Zuerst hilfst du uns abzuhauen.“

Ich hab mal in einem Wasserbett geschlafen. Jedes Mal, wenn ich mich umgedreht habe, hätte ich fast gekotzt. Entweder du schläfst oder du schwimmst, aber beides gleichzeitig ist echt krank! Gerade fühlt es sich an, als hätte ich mich in einem Wasserbett umgedreht.

„Du willst abhauen?“

„Ja. Und Karan und Lucky und Mattis“, sagt er. „Ich muss mit ihnen reden, bevor ich dir mehr erzähle, aber unsere Strafstunde Rasenmähen ist um.“

Als wir zum Schuppen zurückkommen, wartet Ahmet schon auf uns. Er sitzt in Dantes Rollstuhl und hat eine frische Zigarre im Mundwinkel.

„Na?“, sagt er, als Dante den Motor ausschaltet. „Gute Arbeit.“

Wir drehen uns um und sehen in der hüfthohen Almwiese eine Schneise: erst am See entlang, dann den Hügel rauf und dann wieder zurück. Sieht aus wie ein spiegelverkehrtes R.

„Danke“, sagt Dante. „Wir haben uns echt bemüht.“ Er tauscht mit Ahmet den Platz. Ebenso mühelos wie vorhin. Ahmet zuckt mit keinem Muskel. Er kommt ebenso wenig auf die Idee, Dante zu helfen, wie mir.

„Ich glaube, da wartet jemand auf dich“, sagt Dante mit Blick zum Internat.

Dort steht Lucky, einen selbst gepflückten Strauß Wiesenblumen samt Wurzeln in der Hand und ein Zahnlückengrinsen im Gesicht. Als er sieht, dass ich ihn sehe, winkt er mit dem Strauß, und Erde rieselt auf seinen Kopf. Oh [redacted]!

Dante fährt zum Internat, ohne sich nach mir umzusehen. Mir egal. Ich hab jetzt die ganze [redacted] Rüstung wieder an. Da fällt mir ein, dass ich Ahmet Armut noch was fragen wollte:

„Warum haben Sie Wild Cat zu mir gesagt?“, frage ich ihn, als er den Schuppen absperrt.

Er überlegt kurz. Vielleicht will er nicht antworten. Dann zuckt er mit einer Schulter.

„Wildcard. Das ist, wenn sich im Sport einer nicht qualifiziert hat für die Spiele, aber aus irgendeinem Grund trotzdem mitmachen darf. Beim Poker ist es eine Karte, die normal nicht im Deck sein dürfte.“ Bevor ich darauf etwas sagen kann, fügt er leiser hinzu: „Hör mal – wegen Dante … ist leicht auf ihn reinzukippen, ich weiß. Gibt nicht so viele von seiner Sorte. Er ist heller als die anderen, hm, irgendwie? Aber bau nicht zu sehr auf ihn, wenn du kannst. Gibt überall Schatten, auch bei ihm. Bleib auf Abstand. Is besser für alle, glaub mir.“

Na, vielen Dank auch, das hab ich gemerkt.

Trotzdem: eine Premiere! Am liebsten würde ich applaudieren! Zum allerersten Mal in meinem Leben warnt mich einer vor jemand anderem. Und nicht jemand anderen vor mir.

GEISTER

Natürlich gibt es keine [redacted] Geister. Es gibt keine durchsichtigen, schwebenden Kreaturen, die Buhuu machen und mit Ketten rasseln. Ändert [redacted] noch mal nichts daran, dass irgendwas in meinem neuen Zimmer im Dunkeln raschelt, [redacted]!

Auf den ersten Blick ist noch alles gut: Louisa und Lucky zeigen mir mein Zimmer im dritten Stock. Es ist längst dunkel draußen, und hier oben gibt es nur schräge Dachfenster, durch die unendlich viele Sterne leuchten. Das Licht auf den Fluren funktioniert nicht, da hängen nur Kabel aus Löchern in der Decke und in den Wänden. Deshalb hat Louisa eine Taschenlampe dabei. Große Leitern stehen herum, und in unregelmäßigen Abständen hängen dicke Plastikfolien als Türersatz im Weg, die man zur Seite schieben muss, um weitergehen zu können. [redacted] gruselig genug! Immer wieder stolpere ich über Kabeltrommeln oder Farbeimer. Die Folien flattern im Wind. Wahrscheinlich ist irgendwo ein Fenster kaputt.

„Die reinsten Todesfallen“, brummt Louisa, und Lucky nimmt meine Hand – Beschützerinstinkt, nehm ich an. Oder der Knirps hat die Hosen voll. Louisa wirft mir einen Seitenblick zu. Sie hat vorsichtshalber einen Liter Milch und Schokokekse dabei, damit ich so allein im dritten Stock nicht verhungere. „Sicher, dass das für dich in Ordnung ist hier oben?“, fragt sie. „Wir könnten auch eins der anderen Mädchen bitten zu tauschen.“

Das fehlt mir gerade noch. Dann bin ich der Hosen[redacted] im Internat. Außerdem fällt mit einem eigenen Zimmer ein Problem weg: Nach meiner Flucht wird niemand Alarm schlagen, wenn ich nicht in meinem [redacted] Bettchen liege, weil es bis zum nächsten Morgen überhaupt keiner mitkriegen wird.

„Ist schon okay“, sage ich. „Ich hab noch nie ein ganzes Stockwerk für mich gehabt.“

„Hier spukt's aber“, sagt Lucky skeptisch. „Weil die Margo und der Ruben haben gesagt, sie –“

„Hör auf, Lucky“, unterbricht ihn seine Mutter verärgert. „Die Horrorgeschichten braucht Enni hier nicht auch noch.“

Die Taschenlampe gleitet über Plastikfolien und abblätternde Wände, Zementsäcke und schwere Werkzeugkoffer. [redacted], langsam reicht es.

„Aber die haben alle was gehört", beharrt Lucky. „Das ist nicht erfunden!"

„Lucky!", warnt ihn seine Mutter.

„Was denn gehört?", frage ich.

Lucky hat's nicht so genau gewusst in dem Moment. Aber jetzt, wo ich im [redacted] Dunkeln in meinem [redacted] Bett liege, bin ich ziemlich sicher, dass es so ein unregelmäßiges tickendes, kratzendes und schleifendes Geräusch war, das die anderen gehört haben. Weil das ist genau das, was ich seit zehn Minuten höre. [redacted]!

Ich liege in einem riesigen, altmodischen Holzbett mit geschnitzten Pfosten und einem Dach drüber. An den Ecken hängen schwere blaue Vorhänge, die nach alten Leuten riechen. Sieht aus wie im [redacted] Mittelalter, [redacted] [redacted]! Als wäre da schon ein Dutzend Ritter oder so drin gestorben. In Liliths Zimmer gibt's weiße Möbel und beige Vorhänge. Es gibt funktionierende Steckdosen und Licht und die Wände sind gelb gestrichen. In meinem neuen Zimmer gibt es zwei Steckdosen. In einer steckt das Kabel der Schreibtischlampe, die andere fällt aus der Wand, als ich die Lampe neben dem Bett anstecken will. Außerdem hat jede Wand eine andere Tapete, eine [redacted] hässlicher als die nächste. Auf der einen

schlängeln sich Dschungelblumen, auf der nächsten sitzen Löwen und Tiger und Affen auf riesigen Elefanten. Dann gibt's noch eine mit total irren geometrischen Figuren und eine mit Tauben, die irgendwie ineinanderfliegen. Wenn du zu lang hinguckst, bist du im Koma, Mann! Echt jetzt – das wär das perfekte Zimmer für Blinde! Vielleicht will Lilith ja mit mir tauschen?

Seit ungefähr zehn Minuten sehe ich auch die Tapeten nicht mehr, weil die alte Glühbirne in der uralten Schreibtischlampe auf dem ururalten Schreibtisch am Fenster den Geist aufgegeben hat. Und das war offenbar genau der Moment, in dem die [redacted] echten Geister im Raum aufgewacht sind. Gut möglich, dass die Viecher auf der Tapete sich bewegen. Oder die [redacted] Pflanzen sich auf mein Bett schlängeln. Ich kann's ja nicht sehen, [redacted] [redacted]!

Das ist genau der Grund, dass ich Mathe so mag: Es gibt feste Regeln. Und wenn du dich an die Formeln hältst, kann dir nichts passieren. Mathe ist keine Wette. In Mathe gewinnst du immer, wenn du logisch bleibst.

Im letzten Heim vor den Haagens haben wir ein Spiel gespielt. Das war in Berlin-Mahlsdorf. Wir waren zwanzig Heimis, und wir sollten bei den Leuten im Kiez von Tür zu Tür gehen, klingeln und bitten, irgendwas zu tauschen. Angefangen haben wir mit 50 Cent. Dafür sollten uns die Nachbarn dann was anderes mitgeben. Und das haben wir bei den nächsten Nachbarn gegen wieder was anderes getauscht. Zum Schluss sollten wir irgendwas besonders Langes vorweisen können. Das längste Etwas würde gewinnen. Ich hatte null Bock auf das [redacted] Spiel. Erst bin ich noch mitgelatscht und hab zugesehen, wie einer von den anderen einen Schal abgegriffen hat. Wuhuu!

[redacted] Volltreffer! Zum Sterben! Also bin ich in die nächste Kneipe, hab gefragt, ob ich da aufs Klo darf – und hab eine Rolle Klopapier geklaut.

Nach zwei Stunden haben alle ihre Sachen verglichen: ein Springseil, ein Verlängerungskabel, eine Strumpfhose. Als sie angefangen haben auszumessen, hab ich mich auf den Gehweg gestellt, das Klopapier an einem Ende festgehalten – und es ausgerollt. Es ist gerollt und gerollt, hat eine lange weiße Linie hinterlassen, bis wir's aus den Augen verloren haben. Gewonnen, richtig? [redacted] falsch! Die haben mich disqualifiziert. Nicht, weil ich's geklaut hatte, das wusste ja keiner. Sondern, weil: „Klopapier gilt nich." Echt jetzt? [redacted] echt jetzt?

So was passiert dir nicht in Mathe. Fünf mal zwei ist zehn. Und kein [redacted] sagt dir: „Nee, weil zehn gilt nich!"

Na, logisch weiß ich, dass es keine [redacted] Geister gibt. Hilft mir nur grad herzlich [redacted] wenig. Weil, irgendwas ist in diesem Zimmer, und es kommt erst raus, wenn's dunkel ist.

„Es gibt keine [redacted] Geister, du [redacted]!", brülle ich.

„Gut zu wissen", sagt eine Stimme am Fenster.

SCHUHKARTON

Wenn ich nicht so beschäftigt wäre mit meinem Herzinfarkt, würd ich gleich merken, dass es Dante ist. Aber in meinen Ohren rauscht es und mein Herz pumpt so heftig wie das von dem kleinen Hasen im Tiergarten. Also setzt das Denken aus. Weil, die logischste Reaktion ist es nicht, dass ich mich auf den Geist am Fenster stürze. Dass ich mit voller Wucht in den Geist knalle, gibt mir auch nicht zu denken. Dabei sollten Geister doch körperlos rumschweben. Na, dieser Geist schwebt nicht. Er schreit einmal heiser auf und fällt dann rückwärts aus dem Fenster. Draußen rutschen Dachschindeln ab und knallen auf den Boden.

„Bist du irre?", brüllt Dante. „Willst du mich umbringen?"

Ich stecke den Kopf aus dem Fenster und sehe im Mondlicht, dass er mit einer Hand am Baugerüst hängt, ungefähr tausend Meter überm Boden. Nur eine Handbreit davon entfernt, zerschmetterter Matsch auf dem Gehweg zu werden. Eine Armlänge entfernt, da aufzuschlagen, wo ich vom Balkon gekotzt hab.

„Dante?“

„[redacted]! Bist du [redacted]? Du hast das [redacted] Gerüst verbogen. So komm ich nicht mehr ans Fenster!“

Ich leuchte mit der Taschenlampe raus. Ja, das Geländer ist eindeutig nach außen verbogen. Vorher konnte man an einer der Querstangen schwingen, bis man die Beine übers Fensterbrett gekriegt hat. Das geht jetzt nicht mehr.

Das [redacted] Rauschen macht es schwer, was Brauchbares zu denken. Was Langes! Ich muss das Geländer wieder an die Wand ziehen. Dafür brauch ich was Langes. Und [redacted] Klopapier tut's diesmal nicht. Draußen auf dem Flur steht die Kabeltrommel. Eine halbe Minute später lehne ich mich aus dem Fenster, werfe das orange Kabel um das Geländer neben Dantes Armen, wickle es um die Bettfüße – und ziehe. Als Erstes knallt das [redacted] Bett gegen die Wand am Fenster und reißt mich mit. Aber ich ziehe weiter und höre das Geräusch von sich verbiegendem Metall. Dann seh ich im verwackelten Taschenlampenlicht, dass Dante anfängt, am Geländer vor und zurück zu schwingen. Das Rauschen

wird ein [redacted] Tsunami, als ich vor meiner Tür laufende Schritte höre, Dante auf das Fenster zu schwingt, Füße voran, mitten im Schwung loslässt und durchs Fenster fliegt. Er landet auf der Matratze, rollt sofort seitlich wieder runter und zieht sich unters Bett. Im selben Moment fliegt die Tür auf.

Mich blenden so viele Taschenlampen, dass ich erst nicht erkenne, wer da ist.

„Was ist passiert?", presst Ahmet Armut hervor. „Einbrecher?"

Das Rauschen ist leiser, seit Dante nicht tot ist. Das macht das Denken leichter.

„Alles okay", sage ich und versuche ein Grinsen. „Wollte nur das Bett ans Fenster schieben. Mir war so heiß."

Ich kann nicht sehen, dass Ahmet Armut mich ansieht wie einen [redacted] Psycho. Ich weiß es trotzdem. Jemand drückt am Lichtschalter herum.

„Warum funktioniert das Licht nicht?" Die Halbach.

„Weil das eine [redacted] Baustelle ist hier oben!“ Diesmal ist es Louisa, die Köchin. „Da kann man doch kein Kind einquartieren. Ich nehm Enni jetzt mit. Heut Nacht schläft sie bei uns in der Wohnung.“

Ahmet Armut stapft durchs Zimmer, schraubt die kaputte Glühbirne aus der Schreibtischlampe und eine aus dem Kronleuchter rein. Auf einmal wird es hell. Und riecht ein bisschen nach verbranntem Staub. Ich sehe die Halbach im Morgenmantel. Ohne Brille und Makeup sieht sie ganz verloren und zusammengeschrumpft aus. Neben ihr Louisa, die aussieht wie immer, aber aus irgendeinem Grund einen Regenschirm dabeihat, vermutlich als Waffe. Und Ahmet Armut, der mich skeptisch mustert.

„Nein!“, sage ich schnell. „Ich will nicht weg. Ich mag mein neues Zimmer. Alles [redacted] großartig hier!“

Alle starren mich an. Die Halbach seufzt. „Und wieder eine halbe Stunde Haushaltsdienst."

Ahmet geht ans Fenster, sieht das Kabel, sieht mich an, Augenbraue hochgezogen. Ich lächle ihn an und zucke mit den Schultern. Sein Blick folgt dem Kabel bis zu meinem Bettpfosten. Er geht in die Knie und schaut unters Bett. [redacted]! [redacted]! Oh, [redacted]!

Eine Sekunde vergeht endlos langsam. Die Halbach sagt irgendwas zu Louisa. Ich höre es nicht durch das Rauschen. Ich sehe nur Ahmet auf den Knien, der unters Bett schaut. Ich weiß nicht mal, was Dante sagen wird, wenn sie ihn fragen, was er hier macht. Was passiert jetzt? Na, was schon? Ich krieg Ärger. Immer bin ich es, die [redacted] Ärger kriegt.

„Wenn du noch mal Möbel verrücken willst, mach das bitte tagsüber", sagt Ahmet trocken. „Im zweiten Stock hat's geklungen, als würdest du hier Autos verschrotten." Nichts in seinem Gesicht verrät, ob er Dante gesehen hat. Muss er aber, oder?

Er geht zur Tür. Die zwei Frauen sehen ihn irritiert an.

„Wie? Und das war's?", fragt Louisa. „Wir sollen sie hier einfach allein lassen? Bei den Geistern?"

Ich gähne laut. [redacted] erbärmliche Schauspielerei meinerseits! „Ich bin so [redacted] müde", sage ich. „Ich will nur schlafen."

„Und noch mal eine halbe Stunde Haushaltsdienst“, sagt die Halbach. „Also wirklich, Enni!“

Ich höre ein trockenes Keuchen unterm Bett. Echt jetzt? Der [redacted] lacht in seinem Versteck?

Die Halbach sieht sich in meinem Zimmer um. Sie zumindest ist misstrauisch. Aber sie findet nichts. Außer mir. Und das stört sie genug. Sie weiß noch immer nicht, was ihr die Katze da ins Haus geschleppt hat.

Louisa schüttelt den Kopf, kommt zu mir und nimmt mich in den Arm. Das überrumpelt mich so, dass ich den Drang unterdrücken muss, sie wegzustoßen. [redacted]! Wann hat mich zuletzt jemand umarmt? Ich sehe meine Mutter vor mir, wie sie mich kitzelt und lacht. Meinen Vater, der mich über die Schulter wirft. Sofort schlage ich die Türen wieder zu und mache mich los.

Louisa sieht mich an, seufzt. „Dann schlaf mal gut, Süße! Und wenn irgendwas ist, dann kommst du zu mir runter in den zweiten Stock, ja? An der Tür steht Krevic. Klingel einfach. Egal, wie spät es ist. Okay?“

Ich nicke.

An der Tür dreht sich Ahmet noch mal um, sieht sich ebenfalls suchend im Raum um. Dann guckt er mich an. Irgendeine [redacted] Frage hat er nicht gelöst. Ah! Der Rollstuhl. Er hat Dante gesehen und fragt sich, wo der Rollstuhl ist, klar! Ich muss fast grinsen. Kommt ja keiner auf die Idee, dass der [redacted] [redacted] außen am Gerüst hochklettert. Ich mein – wer macht sowas? Ich schaue Ahmet unschuldig an. Das kann ich gut. Er grinst ein bisschen, nickt kaum merklich und geht. Draußen höre ich noch ihre Stimmen.

Ich warte. Eine Minute. Zwei. Dann höre ich, wie leise ein letztes Paar Füße davonschlurft. Die Halbach, jede Wette! Hat gewartet, ob ich dämlich genug bin, mich sofort zu verraten. Nee, nee, Madame! Nicht mit mir!

„Okay, [redacted]“, flüstere ich. „Du kannst rauskommen.“

Dante schiebt sich unterm Bett hervor. Im ersten Moment denke ich, er hat Schmerzen. Dann sehe ich, dass er lacht. Er lacht so sehr, dass er kaum Luft bekommt.

„Du bist so ein [redacted] [redacted]!“, zische ich ihn an. „Was soll das? Willst du dich [redacted] umbringen? Warum machst du das vor meinem Fenster?“

Er setzt sich auf, lehnt sich gegen den Bettpfosten und wischt sich keuchend über die Augen. Ich setze mich neben ihn auf den Boden. Er braucht noch einen Moment, bevor er reden kann. Ich stoße ihm den Ellenbogen in die Rippen.

„Hey!“, ruft er und hält meinen Arm fest. „Man schlägt keine Krüppel!“

„Krüppel sagt man nicht.“

Er lacht schallend. „Ach, da ziehst du die Grenze? Du

hast versucht, die Truppe eben unauffällig loszuwerden. Und sogar dabei hast du zwei Strafen abgegriffen."

Ich boxe ihn mit dem anderen Arm in die Seite. „Was soll denn der [redacted]? Warum spielst du mitten in der Nacht Spiderman?"

Er zuckt mit den Schultern. „Das Gerüst steht seit Jahren da. Hab ewig keine Arbeiter mehr gesehen. Vielleicht ist denen das Geld ausgegangen. Wär doch Verschwendung, wenn das keiner benutzt."

„Du wärst fast abgestürzt, [redacted] [redacted]!"

Er grinst. „Normalerweise stößt mich keiner rückwärts aus dem Fenster." Er lacht wieder. „Aber du hast ja auch gedacht, ich wär ein Geist."

Ich schnappe mir einen von Louisas Keksen vom Nachtkästchen und stopfe ihm den in den Mund. Er hustet ein bisschen, dann lässt er meinen Arm los und nimmt den Keks in die Hand.

„Die anderen wollen dir ein paar Fragen stellen, bevor sie sich auf den Deal einlassen", erklärt er dann.

„Okay", sage ich vorsichtig. „Und was für Fragen?"

„Keine Ahnung", gibt Dante zu. „Aber es ist nicht nur mein Plan. Und wenn du von hier abhauen willst, brauchst du alle hinter dir. Es reicht, wenn dich einer verpfeift und die Sache ist gelaufen."

Hat er recht. [redacted]!

Dante schluckt den Keks runter, fasst in seine Jeanstasche und reicht mir ein kleines Buch. Nur ist es kein Buch. Es ist mein Handy. Das von den Haagens. Das mit dem Apfel drauf.

Von allen Seiten schlagen rauschend die Wellen zusammen: Noah! Es ist fast, als wäre er plötzlich im Raum, würde mich mit seinem Wolfslächeln angrinsen, und alles ist möglich. Ich hab ihn wieder! Ich merke nicht, wie glücklich ich bin, bis Dante sich räuspert. Ich umarme ihn! [redacted]! Muss Louisa ausgelöst haben, den Kuschelmodus. Sofort lasse ich los.

„Danke", würge ich hervor und springe auf.

„Schon okay", sagt Dante. Wenn ich ihm die Milch über den Kopf geschüttet hätte – das hätte ihn deutlich weniger überrascht. Er beobachtet mich interessiert, was mich noch mehr in [redacted] Verlegenheit bringt. Ich kann's ja selbst nicht erklären. Ich bin echt nicht der [redacted] Schmusetyp.

„Wie seid ihr da rangekommen?“, frage ich noch, obwohl es egal ist.

„Lucky“, sagt Dante. „Ich bin durchs Fenster ins Büro und hab ihm die Tür aufgemacht. Der Kleine hat die Schreibtischschublade geknackt.“

Ich stutze. Aus irgendeinem Grund ist mir das nicht recht. Lucky ist zu klein, um so was zu machen. Er sollte gar nicht wissen, wie man [redacted] Schlösser knackt. Schon gar nicht für mich. Wenn ich auffliege und am [redacted] bin – damit kann ich leben. Aber wenn der Kleine meinetwegen Ärger kriegt – nee, geht gar nicht.

„Na los“, sagt Dante. „Schalt's ein. Ich hab's kurz aufgeladen.“

Ich zögere. Ich hatte mal Fotos von meinen Eltern und mir, ein Buch und Glückwunschkarten, eine Kette mit einem Perlenanhänger. Hat alles locker in einen [redacted] Schuhkarton gepasst. Ich hatte ja nicht lang weg sein sollen, sonst hätte ich mehr mitgenommen von zu Hause. Oder wär gar nicht erst mitgegangen. Ich bin dann in diese betreute WG gekommen, mit zwölf anderen Heimis. Vorher, zu Hause, da hatte ich ein Zimmer für mich, und keiner ist reingegangen, ohne zu klopfen. Niemand hat meine Schubladen aufgemacht. War mir auch egal. War eh nichts Wichtiges drin. In dem Schuhkarton war alles, was übrig war. Alles, was ich hatte.

Er stand unter meinem Bett in der WG. Kann man ja nicht abschließen, einen Schuhkarton – wie denn? Also hab ich immer eine Schnur drumrum gemacht wie bei einem [redacted] Geburtstagsgeschenk. Nur hab ich einen ganz speziellen Knoten gemacht. Den hatte mir mein Vater beigebracht. Wenn du ihn normal machst, heißt er Kreuzknoten. Wenn du am Schluss zwei Enden tauschst, heißt er Diebesknoten. Seeleute haben ihre Seesäcke damit verknotet. Weil, wenn ein anderer ihre Sachen durchwühlt hat, dann haben sie's daran gemerkt, dass der Knoten danach falsch war, also ohne die vertauschten Enden. [redacted] Kreuzknoten statt Diebesknoten. Hat ihnen nicht viel gebracht, auch klar. 'ne Kobra im Seesack hätte mehr geknallt. Aber sie haben's gewusst, wenigstens, dass nichts privat ist.

Bei mir hat's zwei Tage gedauert, bis sich einer getraut hat. Dann war der Knoten anders. Nicht mal ein [redacted] Kreuzknoten war's am Ende, einfach irgendwas. Ich hab nie rausgefunden, wer's war. Hat auch nichts gefehlt, nicht mal die Kette. Aber einer war dran, hat sich alles angeguckt, hat meine Sachen angefasst mit seinen [redacted] Händen.

Ich hab einen Regenschirm geholt und bin auf der Stelle raus mit dem Schuhkarton, in den Gemeinschaftsraum. Auf dem großen Tisch in der Mitte war ein Adventskranz, es war ja Weihnachten. Hab das Plastikfeuerzeug genommen und einen [redacted] Mülleimer auf den großen Tisch geknallt. Ich hab gewartet, bis mich alle ansehen, haben sie auch. Dann hab ich meinen Schuhkarton reingeleert in den Mülleimer. So, dass es auch wirklich alle mitkriegen, dass ich nichts davon behalten hab: nicht die Fotos, nicht die Karten, nichts. Auch die Kette nicht. Und dann hab ich's angezündet, bin davor stehen geblieben und hab sie angesehen. Einen nach dem anderen. Die Rauchmelder haben angeschlagen – [redacted] krass lauter Alarm! Und die Sprinkleranlage wurde ausgelöst. Wir standen im Regen, mitten im Gemeinschaftsraum, also hab ich den Schirm aufgespannt und über den Mülleimer gehalten. Da war ich ein bisschen stolz drauf, dass ich vorher dran gedacht hatte. Keiner hat sich bewegt. Haben die sich nicht getraut. Und verpassen wollten sie auch nichts. Kleine [redacted]!

Klar gab's Ärger. [redacted] Ärger gibt's immer. Aber was hätten die groß machen sollen? Ich war acht. Mit acht kommst du nicht in den Knast. Mit acht können sie dir gar nichts.

Danach haben sie Psycho zu mir gesagt. Freak. Creep. Aber nie ins Gesicht, immer hinter meinem Rücken. Daran merkst du, dass du's richtig gemacht hast, dass sie nur hinter deinem Rücken über dich reden. Dann weißt du, dass sie [redacted] haben vor dir. So richtig die Hosen voll. Aber wirklich kapiert haben sie's alle nicht, warum ich's gemacht hab. Ich hab's gemacht, weil ich was begriffen hab mit dem falschen Knoten: Du bist nie sicher, solang du noch was zu verlieren hast.

Ich starre das Handy in meiner Hand an und zögere. Dante sieht mich an, zieht eine Augenbraue hoch. Angst?, fragt sein Blick. [redacted] mich!, sagt meiner.

Ich drücke mit dem Daumen auf den Knopf, der meinen Fingerabdruck liest. Das Handy schaltet sich ein. Zehn Prozent geladen. Ich sehe, dass ich Netz habe. Wahrscheinlich sind die Haagens noch nicht dazu gekommen, meinen Vertrag zu kündigen. Dann warten wir.

Das Geräusch der eingehenden Nachrichten klingt wie ein [redacted] Weihnachtslied für mich. Ding-ding-ding-ding-ding-ding-ding. Dante zieht sich am Bettpfosten hoch und setzt sich auf die Matratze.

Ich strahle übers ganze [redacted] Gesicht. Dante sagt nichts, sieht mich nur an, wartend, höflich. Ich gehe auf Nachrichten: dreißig [redacted] Anrufe in Abwesenheit. Alle von derselben Nummer. Alle mit demselben Namen dahinter: Ralf.

Die [redacted] Nacht, als Noah und ich weggelaufen sind. Die Anrufe stammen alle aus der Nacht. Sie kamen alle von Noahs Vater. Seitdem: nichts. Nicht eine [redacted] Nachricht. Nicht ein [redacted] Anruf.

„Und?“, fragt Dante. „Ist er in der Schweiz?“

Ich setze mich auf den Boden und lasse die Wellen über meinem Kopf zusammenschlagen. Das Rauschen wird so laut, dass ich nichts mehr höre. Die Welt ist rot. Ich sacke zusammen, meine Wirbelsäule hat sich aufgelöst.

„Atmen. Atme durch die Nase ein, Enni. Nur einmal. Bitte.“

Zu schwer. Da ist schon so viel Druck in mir drin. Wie soll ich noch mehr Luft reinkriegen? Noah hat nicht angerufen. Er hat keine Nachricht geschickt. Er hat nicht versucht, mich zu erreichen. Nicht, um mir zu sagen, wo er ist. Nicht, um zu fragen, wo ich bin. Nicht, um sich zu verabschieden. Ich zittere. Dann fängt Dante an zu sprechen und jetzt ist nichts Kühles mehr in seiner Stimme. Sie ist rau und findet mich wie ein Seil, an dem ich mich festhalten kann.

„Ich glaube, mein Vater hat mich mal gesehen“, sagt Dante in meinem Ohr.

Ich huste und blinzle gegen das Rot an.

„Da war ich drei oder vier“, sagt seine Stimme ins Rauschen. „Ich hab diese Erinnerung an einen Mann, der mich beobachtet, wie ich spiele. Und meine Mutter beobachtet ihn, wie er mich beobachtet.“

Ich verstehe ihn kaum. Ich wünschte, er würde lauter sprechen. Es ist anstrengend, ihn zu hören. Ich muss mich konzentrieren und das [redacted] Rauschen unterdrücken. Vorsichtig ziehe ich durch die Nase Luft ein. Das Rauschen wird leiser.

„Meine Mutter sagt, ich täusche mich“, fährt er nachdenklich fort. „Dass ich mir das nur einbilde und mein Vater mich nie gesehen hat. Sie behauptet, sie weiß gar nicht, wo er ist oder wie sie ihn erreichen kann.“

Jetzt merke ich, dass ich auf dem Boden sitze, den Rücken gegen Dantes Beine gelehnt, und dass er einen Arm um meinen Oberkörper gelegt hat. Wieder atme ich durch die Nase ein, halte mich an seiner Stimme fest.

„Ich weiß, dass sie lügt. Das kann sie nicht so gut. Schon komisch, oder? Dass er mich angesehen hat und dann wieder gegangen ist. Wie bei ’ner Wohnungsbesichtigung. Drei Zimmer mit Balkon? Nee, danke. Er hat sich nie mehr gemeldet. Dabei war ich da noch nicht … Meine Beine waren in Ordnung, also das war nicht der Grund. Hast du schon mal von einem Vater gehört, der seine Kinder besichtigt und dann beschließt, dass er sie nicht haben will?“

Ich atme ganz ruhig, verstehe jetzt jedes Wort, klammere mich an das Seil, das er aus seiner Stimme geknüpft hat, damit ich aus meinem Loch kriechen kann.

„Ich krieg's nicht aus dem Kopf, Enni", gesteht er leise. „Was hat er gesehen, das ihm nicht gefallen hat? Was hab ich gemacht oder nicht gemacht? Was fehlt bei mir?"

Ich atme noch einmal ein. „Nichts", krächze ich. „Dein Vater ist ein [redacted] [redacted]. Wenn bei einem was fehlt, dann bei ihm."

Dante schnaubt. Er nimmt mir das Handy aus der Hand, ganz sanft. Er hält es vor mein Gesicht, dann scrollt er zu Noahs Namen in den Kontakten und ruft ihn an, schaltet auf Lautsprecher. Es klingelt nicht. Sofort ertönt eine Frauenstimme:

„Diese Nummer ist nicht vergeben. The number you've dialed is not available. Diese Nummer …"

Dante legt auf.

„Die haben ihm die Nummer gekündigt", sagt er. „Und garantiert auch das Handy abgenommen. Deshalb hat er nicht angerufen. Er hat deine Nummer nicht."

Ich lehne den Kopf gegen Dantes Knie und heule wie ein Baby. Nicht mal das [redacted] Schluchzen kann ich abstellen. Er kann das nicht wissen, aber seit diesem Weihnachten vor drei Jahren, da bin ich mein eigener Schuhkarton. Was ich jetzt noch zu verlieren habe, ist in mir drin. Und das brennt gerade wie die Hölle.

RECHENFEHLER

Schule ist immer [redacted]. So 'ne Art Tiefgarage für Kinder, damit die Eltern inzwischen arbeiten und shoppen können. Damit die Kleinen nicht auf blöde Ideen kommen inzwischen. Also auf eigene.

Aber die Schule in Saaks – das ist jetzt keine Schleimerei oder so –, die ist irgendwie okay. Zuerst mal ist es schon ziemlich krass, wie hier Montagmorgen die Gondel aus dem Tal ankommt und Schüler ausspuckt. Ich hätte nicht gedacht, dass es so viele sind. Alle zwischen sechs und achtzehn. Und sie sehen nicht mal aus wie Bergdörfler. Ich mein, sie sehen nicht anders aus als die in Berlin. Ich hab so halb erwartet, dass die Mädchen Dirndl und die Jungs Lederhosen anhaben könnten. Schade, wär [redacted] lustig gewesen.

Aber der Unterricht ist extrem anders. In Deutsch sitze ich mit acht anderen in der Bibliothek im Halbkreis.

Die Bibliothek ist riesig und sieht echt alt aus. Nur das Metallgitter vor der Tür ist neu. Es hat das gleiche elektronische Schloss wie alle Türen im Internat. Ich muss meinen BlueChip nicht mal dranhalten. Kaum nähere ich mich dem Scanner, fiept es – und das Gitter gleitet zur Seite. Die anderen sind alle schon da und sitzen im Halbkreis um den Kamin herum: fünf Mädchen und drei Jungs, nur zwei kenne ich aus dem Internat. Herr Laurenz, der Deutschlehrer, ist auch schon da, steht vor ihnen in seinem Tupac-T-Shirt – und [redacted] rappt. Er rappt Gedichte von Heinrich Heine. Ich versuche, nicht zu lachen, aber es ist echt [redacted] witzig! Nicht auf die peinliche Oh-ein-Lehrer-macht-auf-cool-Art. Ich glaub, es ist ihm [redacted] egal, ob wir ihn cool finden. Er gibt uns dann eine Woche, um selbst ein Gedicht zu schreiben und es zu rappen. Ich mein – damit kann ich leben. Is okay.

„Wenn du möchtest, kannst du dir mein Deutschheft ausleihen“, sagt ein dunkelhaariges Mädchen mit dunklen Augen, großem Mund und kleinen Ohren zu mir. „Du hast nicht so viel verpasst bisher.“

„Danke“, sage ich artig. „Wann brauchst du's zurück?“

„Ich schreib das Gedicht auf einen Zettel, dann kannst du das Heft bis nächsten Dienstag haben, okay?“

Sie ist unheimlich nett. Ein Stück größer als ich und sicher ein Jahr älter. Aber die Ähnlichkeit ist da. Hätte ich keine blauen Haare, würde es jedem auffallen. Dass Alba Halbach und ich Schwestern sein könnten.

„Ich bin Alba“, sagt sie unnötigerweise.

„Enni“, sage ich, genauso [redacted] unnötig.

Dann geht sie nach links und ich muss nach rechts zum Matheunterricht.

Auf Mathe bin ich gespannt. Wir sind zehn in einem kleinen Klassenzimmer. Ich bin die Jüngste. Dann kommt Dante – ich hätte gewettet, dass er hier sein würde –, alle anderen sind vierzehn oder fünfzehn.

„Sie sind also Enni Alser“, sagt die Mathefrau. „Ich bin Lora Edmund-Horbarth.“ Sie ist klein, dünn und trocken wie eine Mumie. Ich mag sie sofort. „Ich war beeindruckt von Ihrer Aufgabenauswahl beim Einstufungstest, Alser. Die wenigsten hätten freiwillig die schwerste Aufgabe gewählt. Noch weniger hätten sie so ausgezeichnet lösen können. Frau Halbach sagte, Sie hätten eine halbe Stunde gebraucht?“

Ich nicke, obwohl ich nicht weiß, was ich mit dem „Sie“ anfangen soll. Dante dreht sich zu mir um und lächelt. Geizig mit den Zähnen heute, aber immerhin nicht wieder dieser schroffe Felsenblick.

„Warum siezen Sie die denn?“, fragt der Junge neben Dante. „Ist die fünfzig oder was?“

Er ist ungefähr dreizehn, hat rotblonde Haare, Sommersprossen und unruhige blaue Augen. Sie huschen ständig durch den Raum wie Mäuse auf der Suche nach Krümeln. Sein Hemd ist am Kragen zerrissen und hundertpro nicht frisch gewaschen – zumindest nicht dieses Jahr. Außerdem sieht er aus, als wäre er über Nacht um [redacted] zwanzig Zentimeter gewachsen und könnte mit der neuen Größe noch nicht so umgehen. Was mir nicht ganz klar ist: warum er mich nicht ausstehen kann.

„Man siezt Menschen nicht nur, weil sie alt sind, Mattis", sagt Frau Edmund-Horbarth. „Manchmal ist es einfach eine Frage des Respekts."

Ich sitze ganz still da und sehe die Mathefrau an. So ist es also, wenn du dein ganzes Leben ein Alien bist, und dann sagt jemand: „Hallo, ich komme von deinem Heimatplaneten – willst du mal mein Raumschiff sehen?"

„Danke", sage ich, weil ich ihr was zurückgeben muss nach alldem. „Hat mir Spaß gemacht, die Aufgabe. War [redacted] spannend."

Sie lächelt nicht, sieht mich nur sehr aufmerksam an. „Spannend", wiederholt sie langsam, als würde sie das Wort kosten. „Ich glaube", sagt Frau Edmund-Horbarth vollkommen emotionslos, „das ist der Beginn einer wunderbaren Freundschaft."

„Sie hat [redacted] gesagt", meldet sich der Junge neben Dante wieder, Mattis. „Das macht fünfzig Cent."

„Gerade hast du's auch gesagt, du Genie!", werfe ich zurück.

„Sie hat es als Kompliment gemeint, nicht als Schimpfwort", sagt Frau Edmund-Horbarth ungeduldig. „Diese Obsession mit dem Fluchen hier oben." Sie schüttelt den Kopf und schaltet ihr Tablet ein. Zuletzt schiebt sie noch ein gemurmeltes „[redacted] anstrengend so was" nach.

Ich unterdrücke ein Lachen. Mattis sieht mich böse an, bis Dante ihm in die Rippen boxt und den Kopf schüttelt.

Sie findet, was sie sucht, auf ihrem Tablet und wirft das Bild einer Brücke an die Leinwand hinter sich. „Das Schuljahr hat eben erst angefangen", sagt sie. „Und diese Schülerkonstellation ist neu, also lasst es mich noch einmal sagen: Mathematik ist ein Wort aus dem Altgriechischen. Es bedeutet ‚die Kunst des Lernens'."

Meine Kopfhaut kribbelt. Das habe ich noch nie gehört. Ist aber total logisch, wenn man darüber nachdenkt.

„Es heißt, man soll aus Fehlern lernen – vorzugsweise aus denen anderer. Also wollen wir das mal versuchen …" Sie deutet auf das Wasser unter der Brücke. „Das ist der Sankt-Lorenz-Strom bei Quebec in Kanada. An dieser Stelle entstand ab 1902 eine Brücke. Gesamtlänge 987 Meter, Breite 29 Meter, Höhe 104 Meter."

Ich kritzle die Zahlen auf einen Zettel, als alle anderen

Tablets rausholen und einschalten. Ich fühl mich, als wären wir gerade auf dem Mond gelandet, und ich hab als Einzige keinen Sauerstoff dabei. Da reicht mir Frau Edmund-Horbarth wortlos ein Tablet. Erst denke ich, es ist ihres. Aber in einer Ecke klebt ein Schild: Enni Alser. Es ist offenbar meins. Ich schalte es ein und höre dabei Frau Edmund-Horbarth weiter zu.

„Die besten Brückeningenieure ihrer Zeit wurden mit der Aufgabe betraut und verbrachten Jahre mit den Berechnungen. Die Bauarbeiten begannen 1905. Mittendrin, am 29. August 1907 um 17:32 Uhr, zerbrach die Brücke unter ihrem Eigengewicht. Massive Träger und Streben knickten wie Streichhölze. 9.000 Tonnen Stahl stürzten binnen fünfzehn Sekunden zusammen. Fünfundsiebzig Arbeiter wurden getötet und im Fluss begraben."

Sie zeigt uns die Bilder, auch die vom Einsturz. [redacted]! Dabei hat das Wasser das Schlimmste geschluckt. Du siehst vor allem, dass du nichts mehr siehst. Nur die Reste einer angefangenen Brücke.

„Das sind die Zahlen", fährt Frau Edmund-Horbarth fort. „Der Grund für die Katastrophe: ein Rechenfehler. Die Brückenteile waren um vierundzwanzig Prozent schwerer als berechnet. Die Brücke konnte ihr eigenes Gewicht nicht tragen. Wie ist das passiert? Und: Wie konnte es am 11. September 1916 noch einmal passieren?"

[redacted]! In diesem Moment ist alles vergessen. Mein Fluchtplan, das Heim, Noah in der Schweiz, der Geist in meinem Zimmer und Dante zwei Tische vor mir. Ich will wissen, was vor über hundert Jahren mit dieser [redacted] Brücke passiert ist und ob ich es hätte verhindern können.

„Letzten Endes", schließt Frau Edmund-Horbarth vierzig Minuten später die Stunde, „ist Mathematik nie das Problem. Sie ist das Werkzeug, mit dem sich jedes Problem lösen lässt. Oder fast jedes."

„Warum nur fast?", fragt Dante.

Frau Edmund-Horbarth schaltet ihr Tablet aus und packt es weg. Sie sieht uns nicht an. „Für diese Antwort seid ihr zu jung."

Alle protestieren lautstark, was unsere Lehrerin nicht im Geringsten interessiert. Bevor Frau Edmund-Horbarth das Klassenzimmer verlässt, zwinkert sie mir kurz zu. Kein Lächeln. Genau mein Ding.

„Und?" Dante fährt neben mich.

Ich nicke. „Ich wünschte, sie würde mich adoptieren."

Er lacht, diesmal mit Zähnen. „Ich glaub, das hat sie

vorhin gemacht. Zu mir sagt sie jedenfalls du … Aber ich wollte eigentlich wissen, ob du bereit bist. Die anderen wollen dir ihre Fragen stellen."

Ich schnaube. „Damit ich euch helfen darf?"

Dante zieht eine Augenbraue hoch. „Nicht zickig werden", sagt er. „Wir haben dir das Handy besorgt. Das war so 'ne Art Vertrauensvorschuss."

[redacted]! War ja klar. Alles hat seinen Preis. Trotzdem versetzt es mir einen kleinen Stich, dass Dante bei diesem Wir auf der anderen Seite steht.

MATTIS

Das Internat hat so ungefähr drei Millionen Zimmer, und wo wollen diese Freaks mich treffen? Klar – auf dem [redacted] Klo. In Saaks sind die Toiletten nicht getrennt nach Mädchen und Jungs. Sie sind alle riesengroß, behindertengerecht, und haben einen Alarmknopf neben jedem Pissbecken. Dante zögert vor der Tür.

„Viel Glück", sagt er.

„Kommst du nicht mit rein?"

„Doch. Aber … du bist trotzdem auf dich gestellt." Dann strahlt er mich an. „Sei einfach du selbst. Nur vielleicht ein bisschen weniger als sonst."

Ich mustere ihn misstrauisch. Will er mich auflaufen lassen? Seit Lilith ist gar nichts mehr unmöglich. Aber heute finde ich nur Wärme in den grauen Augen. Doch ich vergesse nicht, was Ahmet Armut über die Schatten gesagt hat. Man weiß ja nie.

Als ich die Tür aufmache, sehe ich als Ersten Lucky. Er sitzt auf dem Fensterbrett. Karan lehnt an der Wand daneben. Ein [redacted] schweigender Riese, der hofft, dass ihn keiner sieht. Dante folgt mir, rollt aber gleich in die Ecke neben der Tür. Alles klar. Das ist meine Show, offenbar.

„Hallo“, sage ich, [redacted]freundlich, wie immer beim Vorstellungsgespräch. Sie sollen sich's ja nicht gleich wieder anders überlegen.

Keiner antwortet. Lucky sieht mich finster an und verschränkt die Arme. [redacted]! Wo kommt das denn her? Vor ein paar Tagen hat er mir noch einen Blumenstrauß gepflückt …

Dann fliegt die Tür auf und Mattis kommt rein. Er konnte mich schon vor der Mathestunde nicht leiden, jetzt hasst er mich anscheinend so richtig. Trotzdem: Die Stimmung ändert sich, als er auftaucht. Die anderen scheinen ihn zu mögen, sie werden lockerer.

„Hey, Dschingis Karan“, sagt Mattis und schlendert zum Waschbecken neben Karan. Er dreht das Wasser auf, spritzt sich etwas ins Gesicht und trocknet sich mit einem Papierhandtuch ab. „Na, Lucky Luke?“

Als er Lucky begrüßt, verändert sich Mattis' Gesicht komplett. [redacted]! Er sieht nicht mehr aus wie ein wütendes [redacted] Frettchen, sondern wie ein Kerl, mit dem du lachend abhaust, nachdem du das Auto vom Direktor mit Klopapier eingewickelt hast. Sobald er sich zu mir umdreht, ist der Ausdruck allerdings wieder weg. Mich sieht er so an, wie es die Halbach macht, nur offener feindselig.

„Enni, das ist Mattis“, sagt Dante hinter mir. „Mattis – Enni.“

„Oh!“, sagt Mattis mit gespieltem Staunen. „Ich darf Professor Alser duzen?“

„Du darfst“, antworte ich honigsüß. „Du darfst auch aufhören, ein [redacted] [redacted] zu sein. Ich weiß nicht, was dir in den [redacted] gekrochen und dort verreckt ist, aber es ist nicht halb so spannend, wie du glaubst.“

Er blinzelt ein bisschen. Genau dafür ist Fluchen gemacht. Das ist der Grund dafür, dass [redacted] Hunde [redacted] bellen!

Die in Saaks haben echt den [redacted] offen, wissen

Sie? Strafen fürs Fluchen? Was für ein Riesenhaufen gequirlte [redacted]! Wenn du'n Heimi bist, wenn du rumgeschoben wirst, wenn du nirgendwohin gehörst, wenn jeder alles mit dir machen kann und du komplett allein dastehst, dann musst du [redacted] fluchen! Du musst die größtmögliche [redacted] Schnauze haben, damit dich keiner frisst. Genauso wie du im Knast Tattoos brauchst. Wenn du Narben hast: [redacted] Jackpot! Am besten gut sichtbar im Gesicht. Die sagen: Komm nur, wärst nicht der Erste – ich steck das weg. Ohne bist du ein [redacted] Weichei und wirst windelweich geprügelt. Fluchen, Narben und Tattoos sagen den Leuten auf Anhieb: Achtung – [redacted]! Mit dem lieber nicht anlegen!

Mattis hat's jetzt kapiert. Mattis sieht meine Narben. Ändert aber nichts an dem Ausdruck in seinem Gesicht. Im Gegenteil.

„Aus welcher Gosse bist du denn gekrochen?“, fragt er.

„Berlin.“

Dante hinter mir lacht leise. Und das scheint Mattis mehr zu stören als alles andere.

„Dante hat gesagt, ihr habt Fragen“, sage ich, gehe gar nicht auf sein Gekläff ein. Wozu auch?

Mattis verschränkt ebenfalls die Arme und sieht mich an. Wären wir im [redacted] Wilden Westen, würden wir die Hände über die Pistolengriffe legen.

„Warum sollten wir dir vertrauen?“, fragt Mattis. Lucky auf dem Fensterbrett hinter ihm hat nach wie vor die Arme verschränkt, die Augen zusammengekniffen und sieht mich böse an. „Dante sagt, du bist in Ordnung, aber ich glaub, du bist ein totales [redacted] und hast es bloß ziemlich gut drauf, anderen was vorzuspielen.“

Das bringt mich ins Stolpern. Es erinnert mich zu sehr an das, was Noah gesagt hat. Habe ich Dante davon erzählt? Nein, garantiert nicht. Ich mag's ja, wenn einer sagt, was er meint. Aber Mattis grinst nicht, als er's sagt. Er guckt eher wie Speck, der Hund, wenn wieder einer in sein Revier eingedrungen ist. Das scheint auch genau sein [redacted] Problem mit mir zu sein. Irgendwas will er vor mir verteidigen. Na, wenn er's so machen will wie Elvis, dann ist er wenigstens am richtigen Ort dafür.

„Ein [redacted] bin ich nur, wenn mich einer provoziert", sage ich. Da ist das Rauschen. Es bringt mich dazu, einen Schritt vorzutreten. „Und du bist gerade voll dabei, [redacted]."

Eins muss man ihm lassen: Das wütende Frettchen weicht keinen Zentimeter vor der fauchenden Wildkatze zurück. Auch okay. Karan schließt die Augen. Er will nicht mehr hier sein. Als wäre es irgendwie seine Schuld, was hier abläuft. Ich versteh's nicht. [redacted] Psychostadl hier!

„Hör auf!", ruft Lucky. „Frag sie!"

Mattis schnieft. Das passt ihm alles nicht. „Okay, also: Dante sagt, du willst abhauen. Stimmt das?"

Ich sehe die anderen an. Was soll's? Lilith hat es sowieso schon jedem erzählt. Schlimmstenfalls erzählen es ein paar Leute mehr rum. Solange es keiner der Erwachsenen glaubt, können die mir gar nichts.

„Ja."

„Aber …", braust Lucky auf. Er schiebt seine Unterlippe leicht vor und seine Augen glitzern verdächtig. Das ist es also. Deshalb ist er mir böse. „Ich … Weil …"

Er springt von der Fensterbank und stürmt an mir vorbei. Instinktiv will ich ihn festhalten, aber ich bin nicht schnell genug, streife ihn nur mit den Fingerspitzen, bevor er aus dem Klo rennt. Es versetzt mir einen Stich, dass der Knirps meinetwegen heult. Mattis guckt jetzt triumphierend. Als hätte er's von Anfang an gewusst. Guckt sie euch an, da steht sie: das [redacted] aus Berlin!

„Nächste Frage, [redacted]", sage ich. Mit der Raubkatzen-auf-der-Jagd-Stimme. Das Frettchen grinst. Das bestätigt seine Vermutung nur noch mehr.

„Du brauchst unsere Hilfe", fährt er fort. „Warum?"

Ich hasse es! Ich [redacted] hasse es! Ich will den [redacted] nicht um Hilfe bitten. Keinen von den Psychos. Das Rauschen wird immer lauter und die Ränder meines Blickfeldes sind rot. Warum sagt Dante nichts? Es wäre nicht so schlimm, wenn er was sagen würde. Aber ich bin auf mich gestellt. Ich atme mühsam durch die Nase ein und das Rauschen wird wieder leiser.

„Ich brauche einen Reisepass. Alba Halbach hat einen. Sie sieht mir ähnlich. Aber dafür muss ich in die Halbach-Wohnung."

Das schockiert Mattis jetzt und er kann's nicht gut verbergen. Auch das ist ein Problem für ihn: Er ist ein Einmachglas – du siehst von außen immer sofort, was drin ist. „Du willst in die Wohnung von der Halbach einbrechen?"

„Nicht wirklich", sage ich. „Aber ich seh nicht, wie ich sonst den [redacted] Reisepass ihrer Tochter klauen soll."

Er lacht auf und ärgert sich gleichzeitig darüber. „Das ist komplett [redacted] irre!"

„Ich bin irre?“ Darüber muss ich fast lachen. „Ihr wollt zu viert aus dem Internat abhauen! Was wollt ihr danach machen? Im Wald wohnen und [redacted] Beeren essen?“

Ich würde mich zu gern umdrehen, um zu sehen, wie das bei Dante ankommt, aber das geht nicht, und von ihm kommt kein Geräusch.

Mattis blinzelt. „Was? Was redest du denn da für einen [redacted] [redacted]? Wir wollen nur für einen Tag abhauen.“

Ich sehe die anderen an. Wenn ich nicht lange und verbissen an meinem Pokerface gearbeitet hätte, würde meine Unterlippe jetzt so weit runterhängen, dass ich drüber stolpern kann. Dieses kleine [redacted] Detail hat Dante ausgelassen. [redacted]!

„Wozu?“

Mattis dreht sich zu Karan um, fragend. Der deutet ein Nicken an. Irgendwie trotzig. Falls man das sagen kann, nachdem sich einer zwei [redacted] Millimeter bewegt hat. Mattis überbringt die Nachricht:

„Wir wollen zum Magic Place Park. Achterbahn fahren.“

„Ihr …?“

Ich atme durch die Nase, bis das Rauschen erträglich ist. Dann fange ich an zu denken. Ich betrachte das x von allen Seiten. Und trotzdem …

„Ich geb’s auf“, sag ich. „Ich versteh’s nicht.“

Mattis seufzt. „Karan hat Geburtstag, in einer Woche.

Und er will Achterbahn fahren. Das Teil im Magic Place Park ist eine der besten Achterbahnen der Welt. The Final Destroyer. Alles, was so'n Teil haben kann: Free Fall in the Dark, Looping, Roll-over, Sidewinder, Inline-Twist, Katapultstart und Floorless, Suspended Coaster …"

Ich hebe eine Hand. „Oh Mann, also entweder kotzt du gerade in schlechtem Englisch oder du sprichst perfekt Klingonisch … Warum fragt ihr nicht einfach die Halbach?", schlage ich vor. „Ich mein, wenn Karan Geburtstag hat, dann fährt bestimmt einer mit ihm am Wochenende –"

Wir haben das mal gemacht. Ein Mädchen im Heim hatte am ersten August Geburtstag und wollte ins Phantasialand. Eigentlich hätte nur ein Betreuer mit ihr fahren sollen. Aber sie hat gesagt, wenn wir anderen nicht mitdürfen, dann will sie auch nicht. Die haben's erlaubt und wir waren zu acht dort. Geisterbahn – und keine für Luschen – Achterbahn, Teddybären schießen und Zuckerwatte kotzen. Wir haben sie gefeiert wie eine Königin. Wir wussten alle, dass sie's nicht hätte machen müssen, dass sie echt was [redacted] riskiert hat für uns. Gibt's nicht oft, solche wie sie. Hat uns alle irgendwie zusammengeschweißt. Schönster Tag überhaupt. Kurz darauf ist sie verlegt worden. Ein Jahr später, am ersten August, hab ich an sie gedacht. Hab ihr eine Karte geschrieben – auch wenn's kitschig is – und meine Pflegi gebeten, sie ihr zu schicken. Die hat sich auch voll ins Zeug gehängt, um rauszufinden, wo das Mädchen gelandet war. Nach drei Tagen hat sie mir die Karte zurückgegeben, war ganz verheult dabei. Stellt sich raus, dass sie damals nicht in eine andere WG gekommen ist, sondern in ein Krankenhaus. Da ist sie dann gestorben. Irgendein Krebs. Das hatten die wohl schon gewusst damals, deshalb hat sie uns alle mit reingekriegt ins Phantasialand. Hannah hieß sie. Hannah mit den blonden Locken wie Lilith.

Mattis schüttelt den Kopf. „[redacted], Mann, haben wir alles längst versucht", sagt er. „Dante hat sogar die [redacted] Unterschriften von unseren Eltern bekommen. Der könnte dem Teufel Streichhölzer andrehen. Aber die Halbach und der Mergen finden, es ist zu gefährlich. Hilft halt nicht, dass das [redacted] Teil The Final Destroyer heißt. Und … na ja, manche von uns sind auch nicht gerade Achterbahn-Material, zumindest sehen die das so. [redacted] einstimmig abgelehnt. Also fahren wir allein. Meine älteste Schwester ist achtzehn. Die fährt uns mit dem VW-Bus hin. Aber dazu müssen alle erst mal ins [redacted] Tal kommen. Also Dante, Karan und Lucky. Und das ist das Problem. Kapiert?"

Ich sehe Karan an. Dann drehe ich mich um und sehe Dante an. Und dann wieder Mattis.

„Warum wollt ihr das riskieren?“, frage ich. „Ihr kriegt so richtig Ärger, wenn das auffliegt. Vor allem Karan. Wie alt bist du? Sechzehn?“

„Er wird vierzehn“, sagt Dante hinter mir seidenglatt.

Oh Mann. Das ist der größte Vierzehnjährige, den ich je gesehen habe!

„Dann wird er trotzdem strafmündig“, sage ich. „Ich meine, solang du unter vierzehn bist, können die dir gar nichts. Die stecken dich bloß irgendwo anders hin. Aber ab vierzehn haben sie dich am [redacted].“

Karan senkt den Blick. Karan und Achterbahn fahren! Der traut sich nicht auf die Balkone, weil er so Höhenangst hat. Er geht nicht an den See, weil er Angst vor Wasser hat. Und im Gemeinschaftsraum ist er wortlos aufgestanden und gegangen, als da eine Spinne an der Decke saß. Und jetzt will er mit der Zerstörer-Achterbahn fahren?

„Was ist eigentlich dein [redacted] Problem, Mann?“, fährt Mattis mich an. „Er will halt Achterbahn fahren. Ich mein, echt jetzt – du hast [redacted] blaue Haare!“

Ich sehe Mattis an und ich versteh's nicht. Ich kenn so Typen wie Mattis. Das sind immer die, mit denen ich auf Anhieb auskomme. Die mit der großen [redacted]. Die, die alles erst mal [redacted] finden, bis zum Beweis des Gegenteils. Die Außenseiter unter den Außenseitern, die, auf die keiner wettet – und die deshalb doppelt so schnell rennen. Die Freaks und Creeps und Psychos dieser Welt. Wir erkennen uns normalerweise auf den ersten Blick.

Aber Mattis steht da und sieht mich an wie der Indianer den Cowboy. Als wüsste er schon, dass ich irgendwelche [redacted] Keime anschleppe. Als wär ich [redacted] Patient Zero und hätte das Virus, das alle Menschen in Zombies verwandelt.

Als Karan den Oberkörper nach vorne lehnt, fällt mir der BlueChip an dem Band um seinen Hals auf. Und das ist der Moment, in dem ich es verstehe. Mein Blick wandert zu Mattis' Hals, seinem zerfetzten Kragen. Da ist kein schwarzes Band. Na klar, er hat's ja auch gerade gesagt, dass er eine Schwester hat und dass er nicht erst ins Tal muss.

„Du bist keiner von uns", sage ich. „Du bist kein BlueChip."

Eigentlich will ich es gar nicht laut sagen. Es kommt nur so plötzlich, dass mir ein Licht aufgeht. Wie bei der Matheaufgabe, als x plötzlich y war.

Mattis wohnt im Tal, nicht hier im Internat, deshalb hab ich ihn noch nicht gesehen. Er hat ein Zuhause mit echten, eigenen Eltern und [redacted] Geschwister, mit denen er verwandt ist. Er liegt jede Nacht im selben Bett und denkt nicht mal drüber nach, dass sie ihn morgen woanders hinschicken könnten und dass er, wenn man's genau nimmt, auch da nichts verloren hat, wo er gerade ist. Deshalb macht's nicht klick zwischen uns. Deshalb rasten wir nicht ein. Weil er auf der einen Seite vom Sankt-Lorenz-Strom wohnt und ich auf der anderen und weil noch keiner dran gedacht hat, eine [redacted] Brücke zu bauen.

„Was soll das denn heißen, [redacted] [redacted]?", fährt er mich an, obwohl ich sehe, dass ich getroffen habe. Er zuckt kurz und hasst mich dann noch mehr. „Du bist die, die gerade erst angekommen ist, [redacted]! Ich geh seit über zwei Jahren hier zur Schule."

Ich sage nichts mehr. Ich könnte es ihm sowieso nicht erklären. Wir sprechen nicht dieselbe Sprache. Aber ich sehe, dass Karan, den Rücken jetzt wieder an der Wand, mich ansieht. Nur ganz kurz. In seinen Augen lese ich Zustimmung. Ich mag Karan. Aber was viel wichtiger ist: Karan mag mich.

„Ich helfe euch", sage ich.

Da seh ich es. Er hat es die ganze Zeit so angestrengt vermieden, aber jetzt kann er nicht anders: Mattis wirft Dante einen Blick zu. Nicht gerade unterwürfig, mehr so wie ein Soldat seinen Offizier ansieht. Und auch das nicht ganz. Wie ein Soldat, der auf einen Befehl wartet, aber noch nicht ganz sicher ist, ob er ihn befolgen wird.

Das ist es also, was er vor mir beschützen will. Das ist das Revier, in das ich versehentlich gestolpert bin – seine Freundschaft mit Dante.

„Wie willst du uns helfen?“, fragt Mattis. „Die Seilbahn fährt um 16.30 Uhr das letzte Mal ins Tal. Dann erst wieder am nächsten Morgen um 6.30 Uhr. Wie willst du mit drei Leuten ins Tal kommen? Fliegen?“

„Ich bin gut mit Plänen.“

Ich bluffe nur halb. Ich hab eine ziemlich genaue Idee, wie ich mit drei Leuten ins Tal komme. Ich weiß nur noch nicht, wie ich die durchziehen soll.

In einer der WGs gab’s einen Jungen, Sean, der hat immer mit seinem Vater angegeben. Der war so ’ne Art Gangster aus Irland. Also nicht so richtig mit Waffen und so’m [redacted]. Einfach ein Betrüger. Einmal hat er sich einen [redacted] normalen Hochdruckreiniger gekauft. Kärcher heißen die Dinger. Die spritzen Wasser mit ganz viel Druck raus. Hat dreihundert Euro gekostet, sagt Sean. Und dann ist sein Vater mit dem Kärcher und zwei Kumpels in eine reiche Gegend in Berlin. Hat einfach an irgendeinem Haus geklingelt und gesagt, er hätte gerade bei den Nachbarn die Auffahrt oder das Dach oder sonst was sauber gemacht mit seinem Spezialgerät und seinem Spezialmittel. Ob er das bei denen auch machen soll? Is heut halber Preis und so, weil er ist ja eh schon da.

Und dann sagt er einfach alles, [redacted] alles, damit die ihn die Auffahrt reinigen lassen. Kein Bargeld da? Kein Problem! Der Ehemann ist nicht zu Hause? Ganz egal, der freut sich dann später. Wurde schon gereinigt? Ja, aber nicht mit seinem Spezialmittel – das verhindert drei Jahre lang, dass sich Unkraut und Moos bilden. Kostet zu viel Geld? Aber es ist doch halber Preis, so billig wird's nie wieder. Trotzdem zu viel Geld? Was – die siebenundvierzig Euro und fünfzig Cent hat doch jeder übrig!

Und wenn er die mal so weit hatte, dass er arbeiten durfte, dann hat er sie danach ausgenommen wie die [redacted] Weihnachtsgänse. Weil dann hat's plötzlich fünfzig Euro pro Quadratmeter gekostet. Und er hat fünfzig Quadratmeter gereinigt. Heißt: zweitausendfünfhundert Euro. [redacted]! Die will er dann in bar. Hat er doch von Anfang an gesagt, dass er das in bar will. Wie, die haben so viel nicht da? Er hat die Arbeit aber schon gemacht!

„Du lügst doch!", hab ich zu Sean gesagt. „Keiner ist so doof und zahlt zweitausendfünfhundert Euro in bar dafür, dass ihm jemand die Auffahrt sauber macht."

Er hat gegrinst. „Nee, aber die zahlen ihm das, was sie dahaben. Is 'ne Reiche-Leute-Gegend. Mal sind's fünfhundert, mal sind's tausend, aber irgendwas ham die immer da – für Notfälle. Weil die Notfälle von denen sind größere Notfälle als die Notfälle von normalen Leuten."

Ich hab's nicht geglaubt. Also hat Sean mich mal mitgenommen, an einem Nachmittag, zu seinem Vater. Ein kleiner Kerl mit dickem Bauch und wenig Haaren. Die hat man aber nicht gesehen, weil er immer so einen weißen Baustellenhelm aufhatte. Der hat einen alten weißen Kastenwagen gehabt, der nach nassem Hund gestunken hat und nach Alkohol – dabei hatte er gar keinen Hund. Seans Vater konnte überhaupt kein Deutsch. Er hat die ganze Zeit Englisch geredet. Aber die Leute konnten alle Englisch. Zu den Männern hat er „Sir" gesagt, zu den Frauen „Love". Hat allen gefallen, das konnt ich sehen.

Die Masche war immer dieselbe: Erst hat er ihnen was angeboten, so nebenbei, als wär's ihm egal, ob sie Ja sagen oder nicht. War klar, dass sie was verpassen und schön dämlich wären, wenn sie's nicht machen. Aber ihm ist es [redacted]egal, sagt er. Die meisten haben trotzdem Nein gesagt. Neun von zehn. Aber dann kam ein Haus, da hat er einen Volltreffer gelandet. Die Auffahrt war komplett vermoost, und die Frau hat gesagt, sie wollte eh schon ewig wen kommen lassen.

„Uuund schnapp macht die Falle!", sagte Sean im Auto. „Jackpot."

Seans Vater und die zwei Kumpels haben sich Zeit gelassen. Alle Steinplatten abgespritzt, bis die Auffahrt wirklich sauber war. Dann kam der unangenehme Teil.

Weil die Frau hatte verstanden, dass das um die dreihundert Euro kosten würde. Ich fand das schon [redacted] viel Geld.

Natürlich war Seans Vater total empört! Sie schulde ihm eintausendvierhundertdreißig Euro. Er hätte ihr vorher ganz genau gesagt, dass er siebenundvierzig Euro fünfzig pro Quadratmeter nehmen würde. Und da hat sie gezuckt. Weil die Summe hatte er wirklich genannt. Er hat nie gesagt, dass er die pro Quadratmeter nehmen würde. Er hat irgendwas von seiner Speziallösung geschwafelt und dass die siebenundvierzig Euro fünfzig kostet oder so. Aber er hat diese komische Zahl genannt: [redacted] siebenundvierzig Euro fünfzig. Und damit hat er sie am Ende so unsicher gemacht, dass sie im ganzen Haus nach Bargeld gesucht und ihm siebenhundertnochwas Euro gegeben hat. [redacted] siebenhundertnochwas Euro! Seans Vater hat sich vor ihr noch aufgeregt, dass er praktisch betrogen worden ist. Aber gut, hat er gesagt, seine Schuld, wenn er so gutgläubig ist. Er hat den Kopf geschüttelt, seine Hand ausgestreckt – und die Frau hat eingeschlagen. War wahrscheinlich noch erleichtert, dass sie fünfzig Prozent gespart hat. Dann kam ein Auto auf das Haus zu – der Ehemann. Und wir sind ganz schnell abgehauen. Im Kastenwagen haben sie alle gelacht. Ein super Witz! Über siebenhundert Euro für fünfzig Minuten Arbeit.

„Was ist dein Geheimnis?", hab ich ihn gefragt. Und weil er mich nicht verstanden hat: „What's your secret?"

Er hat mich im Innenspiegel angesehen und gegrinst: „Always know you're right, love."

Sean hat versucht, das irgendwie für mich zu übersetzen. „Er meint, dass du tief drin voll überzeugt sein musst, dass du im Recht bist, weil –"

Ich hab eine Hand gehoben. „Schon okay, Sean. Ich hab's kapiert."

Und ich hab's kapiert: Es geht einfach darum, dass du den größeren [redacted] in der Hose hast. Auch hier und jetzt auf dem Klo.

„Ich find schon einen Weg, Mattis", sag ich. „Deal is Deal."

Es geht darum, zu kriegen, was du willst – und abzuhauen, bevor dich einer erwischt und es dir wieder wegnimmt. Ich strecke die Hand aus und halte sie Mattis vor die Nase. Er zögert zwar, aber so eine ausgestreckte Hand, die schlägst du nicht einfach aus. Auch nicht als [redacted] wütendes Frettchen. Er schlägt ein.

Und schnapp macht die Falle.

HYÄNEN

Eigentlich hätte ich gedacht, dass Lilith keine Freundinnen hat. Wie dämlich von mir! Es gibt so viele Miststücke auf der Welt – die brauchen auch Gesellschaft. Liliths [redacted] Freundinnen kommen aus dem Tal. Die sind alle genauso alt wie Lilith und genauso hübsch. Allerdings weniger blind. Alle vier sehen aus wie die [redacted] Weihnachtsengel, wie sie in ihren Kleidchen über die Schulkorridore hopsen. Bis ich sehe, was sie da machen.

Karan steht wie üblich in einer Ecke. Inzwischen hab ich gemerkt, dass es Ecken sind, von denen aus er die großen Fenster nicht sehen kann. Karan hat Höhenangst.

Und die kleinen Biester wissen das. Sie wissen, dass er sich nicht von der [redacted] Stelle bewegen wird, bis die Pause vorbei ist und er in sein nächstes Klassenzimmer muss. Plötzlich kapier ich's. Es ist noch schlimmer, als ich denke: Karan und die kleinen Biester gehen in irgendeinem Fach in dieselbe Klasse!

An seinem Gesicht kleben Dutzende [redacted] Papierkügelchen wie weiße Pickel. Er zuckt mit keiner Wimper, wischt die auch nicht weg. Er ist ganz tief drin in seinem inneren Schuhkarton. Ich beobachte die Mädchen. Die sehen richtig glücklich aus. Haben ihre rosa und lila Kugelschreiberminen wie Zigaretten in den kleinen rosigen Mündern und schießen weiter auf den Riesen, der sich nicht wehrt.

Manchmal wenn ich nachts nicht einschlafen kann, dann seh ich mir auf YouTube Tiervideos an. Die lustigen, wo Affen Leute anpinkeln, die zu nah an den Käfig kommen, oder Katzen andere Katzen die Treppe runterschubsen. Aber dann kommst du halt auch zu den nicht so witzigen Videos. Zu den Katzen, die gegen [redacted] Schlangen kämpfen. Oder zu einem, wo sechzehn Hyänen einen Löwen angreifen und ihn auffressen. Ich mein – eigentlich hat so 'ne Hyäne keine Chance gegen einen Löwen. Aber dann: sechzehn gegen einen! [redacted] abartig, oder? Ich hab immer gedacht, ich würd mich schämen, wenn ich eine Hyäne wäre. Echt jetzt – lieber ein toter Löwe als eine lebendige Hyäne.

Aber da stehen sie, diese vier Hyänen und schämen sich kein Stück. Nicht dass Karan ein Löwe wäre. Er ist eher ein Hirschkalb. Zumindest guckt er so. Klar könnte er sich die vier [redacted] schnappen und sie kopfüber in die Kloschüssel stecken. In den Armen hat er die Kraft. Allerdings nur da, innen drin ist er weich wie geschmolzenes Wachs. Und dann sieht er mich. Er guckt mich nicht Hilfe suchend oder flehend an. Er guckt verschämt und senkt den Blick. [redacted]! Ist ihm peinlich, dass ich sehe, wie die ihn zum [redacted] machen. Das tut mir weh. Und die Hyänen kichern weiter.

Ich seh's in Hellrot mit Rauschen in den Ohren. Trotzdem weiß ich ziemlich genau, was ich tue, als ich den [redacted] Feuerlöscher aus dem Glaskasten neben dem Chemieraum hole. Ich weiß, wie ein Feuerlöscher funktioniert. Wir hatten mal vor Weihnachten einen

Feuerwehrmann im Heim, der hat uns das gezeigt. Hat er gut gemacht. So gut, dass es alle verstanden haben. An Heiligabend hat Elvis den [redacted] Weihnachtsbaum eingesprüht. Nicht, weil der gebrannt hat – es waren nicht mal [redacted] Kerzen dran. Einfach so. Und dabei hat er übers ganze Gesicht gestrahlt. Die Heimleiterin hat ihm dann den Feuerlöscher abgenommen.

„Was soll das denn, Elvis?“

Er hat sie nur verständnislos angeguckt: „Schnee“, hat er zu ihr gesagt. Als hätte sie da auch von selber draufkommen müssen! Als müsste das jeder wissen, dass es zu Weihnachten Schnee auf dem Weihnachtsbaum geben muss.

Elvis hat trotzdem keinen Ärger bekommen. Elvis hat nie Ärger bekommen. Elvis war sein eigener Ärger.

Ich bekomme Ärger. Ich bekomme immer Ärger. Aber in dem Fall ist es nicht so schlimm. Nur ein Gespräch mit dem Psychoonkel:

„Der Feuerlöscher, hm?"

Und da sind Sie: Dr. Dr. Marvin Mergen. Ich sitze in Ihrem Büro in einem [redacted] bequemen Plüschsessel, der irgendwann mal rot war.

„Der Sessel riecht nach alten Pupsen", sage ich.

Sie lachen. „Das würde mich nicht wundern", sagen Sie.

Sie haben wieder so eine [redacted] karierte Weste an, wie sie alte Leute in alten Filmen anhaben. Eigentlich bräuchten Sie auch einen langen Bart. Haben Sie aber nicht. Und Brille haben Sie auch keine.

„Warum stehen da zwei Dr. an Ihrer Tür?", frage ich. Ich will mir nicht anmerken lassen, dass ich nervös bin. Nervöser als beim Gespräch mit Polizist Dirk. Weil der konnte mir gar nichts. Bei Ihnen bin ich mir nicht so sicher.

„Och, ich hatte als junger Bursche einfach viel Zeit und da hab ich zwei Fächer studiert und zwei Doktorarbeiten geschrieben."

„Worüber?"

„‚Umschriebene Entwicklungsstörungen der motorischen Funktionen' und ‚Destruktives und antisoziales Verhalten bei institutionalisierten Kindern und Jugendlichen'."

„Ach, das ist von Ihnen?“, sage ich, als hätte ich’s gelesen.

Sie lachen. „Schuldig.“

„Was ist destruktives und antisoziales Verhalten?“

Sie spitzen die Lippen und überlegen, was Sie sagen sollen. „Streit mit anderen Kindern, aber auch Erwachsenen. Zerstörung des Eigentums anderer, aber auch des eigenen. Stehlen. Lügen. Ungehorsam. Schwere Wutausbrüche, Schuleschwänzen, Weglaufen …“

Ich sehe Sie aus zusammengekniffenen Augen an. „Haben Sie das in meiner Akte gelesen?“

„Nein. So was steht in vielen Akten, Enni.“

„Dann bin ich nichts Besonderes?“, frage ich mit gespielter Enttäuschung. „Ich bin normal?“

Sie grinsen. Ich erwarte, dass Sie so was sagen wie: „Alle Kinder sind was ganz Besonderes“, oder so einen ähnlichen [redacted] Schmu. Aber Sie sagen: „Der österreichische Psychotherapeut Alfred Adler hat mal gesagt: Die einzig normalen Menschen sind die, die man nicht so gut kennt.“

Irgendwie beruhigt mich das, sag ich Ihnen ganz ehrlich. Ein bisschen hab ich immer Angst davor gehabt, irgendwann vor jemandem wie Ihnen zu sitzen. Und dann sagt der mir, dass ich der Oberpsycho bin. Dass man bei mir gar nichts mehr retten kann. Dass ich am besten in [redacted] Einzelhaft komme mit Zwangsjacke und allem.

„Warum hast du die Mädchen mit dem Löschschaum besprüht?“, fragen Sie, als hätten Sie eine Formel nicht so ganz verstanden. Als gäb's eine logische Lösung. Als müsste ich Ihnen die nur verraten. Guter Trick. Zieht nur nicht bei mir. Ein Heimi verpetzt nie einen anderen.

„Die haben ausgesehen, als wenn sie in Flammen stehen.“

Sie nicken verständnisvoll. „Ich kenne Lilith seit zwei Jahren“, sagen Sie dann. „Sie steht immer mal wieder in Flammen. Ich nehme an, dass jemand anders die Hitze abgekriegt hat?“

[redacted]! Das überrascht mich. Sehr. Volltreffer.

„Karan“, sage ich.

Ich merke es Ihnen nur ganz am Rande an … Sie sind kein Einmachglas. Aber ein bisschen sehe ich doch, dass Sie sich ärgern.

„Oh“, machen Sie. „Das ist natürlich besonders … feig. Karan ist eine große Seele. Ohne viel Haut drumrum, fürchte ich. Es ist gut, wenn er Leute um sich hat, die wissen, wie man Feuer löscht.“

Sie stehen halb auf. Das ist die größte Überraschung.

„Das war's?“

Sie sehen mich überrascht an und setzen sich wieder. „Gibt's noch was, worüber du reden wolltest?“

Oh, Sie sind gut. Wirklich [redacted] gut. „Ich hab gedacht, Psychoonkels fragen immer zuerst nach den Eltern."

„Möchtest du über deine Eltern reden?", fragen Sie. „Hast du Kontakt zu ihnen?"

Das Rauschen kommt so plötzlich, dass ich fast aufspringe. Als könnte ich in den Wellen ertrinken. Sofort wird mein Blickfeld rot. Sie bleiben vollkommen ruhig.

„Als ich an der Uni war, vielleicht auch schon davor", sagen Sie mit ruhiger, viel zu leiser Stimme, „da gab es manchmal Augenblicke, die haben mich weggerissen."

Ich sage nichts. Ich atme krampfhaft durch die Nase. Als wollte man einen [redacted] Elefanten in eine [redacted] Hundehütte schieben. Es passt nicht rein.

„Heute würde ich es als Panikattacke bezeichnen", erzählen Sie weiter. „Ich hab kaum noch Luft bekommen. Mein Brustkorb war ganz eng und meine Augen haben nicht mehr so mitgespielt. Es ist plötzlich alles dunkel geworden. Und mir wurde schwindelig. So sehr, dass ich mich an irgendwas oder irgendwem festhalten musste."

„Was haben Sie gemacht?", würge ich hervor.

„Ich bin abgehauen", sagen Sie. „Egal, wo ich gerade war – ich bin woanders hin. Ich dachte immer, ich würde ohnmächtig werden. Oder mich übergeben. Oder beides. Ich wollte nur nicht, dass es einer sieht. Meistens bin ich aufs Klo, hab mich in einer Kabine eingeschlossen. Heute weiß ich, wie dämlich das war. Wäre ich wirklich ohnmächtig geworden, hätte mir da drin keiner helfen können. Aber es war mir halt furchtbar peinlich.“

Ich nicke. [redacted] ja. Peinlich.

„Ich höre ein Rauschen“, sage ich mit rauer Stimme. „Und sehe rot.“

Sie nicken. Sagen länger nichts. Dann: „Das Rauschen, das weißt du bestimmt längst, das ist dein Blut. Adrenalin beschleunigt den Herzschlag. Und das Rot … Deine Augen sind rot geworden. Kleine Äderchen sind geplatzt. Das kommt von den Stresshormonen.“

Ich nicke. Okay. Das ist neu.

„Es ist sehr beeindruckend, wie schnell du dich wieder im Griff hast“, sagen Sie weiter.

Im Griff? Im [redacted] Griff? Wie kommen Sie denn darauf?

„Hast du die Technik selbst gefunden?“

Ich kapier's noch immer nicht. Ich höre das Rauschen, ich seh rot – und dann erzählen mir andere, was danach passiert ist. „Was meinen Sie?“

„Na, das langsame Atmen durch die Nase. Machst du das intuitiv?“

„Dante“, sage ich. „Dante hat gesagt, ich soll das versuchen.“

Sie lachen auf. „Ah, verstehe."

„Warum ist das so witzig?"

Sie schütteln den Kopf. „Das darf ich dir leider nicht verraten. Alles, was die Schüler zu mir oder ich zu ihnen sage, unterliegt strengster Geheimhaltung. Ich bin an die Schweigepflicht gebunden. Aber du kannst gern Dante fragen. Vielleicht erzählt er es dir. So oder so finde ich es beeindruckend."

Sie sehen mich fragend an. Dann stehen wir beide gleichzeitig auf.

„Doc? Ahmet Armut hat was zu mir gesagt … Er hat gesagt, ich soll mich nicht zu sehr auf Dante verlassen. Irgendwas mit Licht und überall Schatten. Verstehen Sie das?"

Diesmal ist es nicht zu übersehen: Sie runzeln die Stirn und schnauben. „Das versteh ich sehr gut. Ahmet Armut hat offenbar selbst einen Schatten, dass er so über einen Schüler redet … was für ein Unsinn!"

„Ich glaub, er mag Dante. Er wollte mich nur irgendwie warnen. Was ich nicht verstehe, ist, warum."

Über die Frage denken Sie erst mal nach. Ich kann sehen, wie sehr Sie sich wünschen, ich hätte sie nicht gestellt. Dann antworten Sie doch.

„Es ist natürlich ein Risiko, sich auf andere zu verlassen. Oder sie zu mögen. Nähe zuzulassen. Darin liegt immer auch die Gefahr, verletzt zu werden … Andererseits, um den grandiosen Erich Kästner zu zitieren: Leben ist immer lebensgefährlich."

„[redacted], können Sie das wiederholen – ohne Psycho – [redacted]?", unterbreche ich. „Was stimmt nicht mit Dante?"

„Ganz ehrlich, Enni – ich kenne keinen Menschen auf der Welt, bei dem alles stimmt. Mich selbst am allerwenigsten. Wozu sollten wir denn morgens aufstehen, wenn es nichts zu verändern gäbe? Und jetzt entschuldige bitte, Lilith wartet vor der Tür."

Tatsächlich: Der blondlockige Dämon sitzt in einem Bademantel vor der Tür, die Hände im Schoß gefaltet, die Haare nass. Die großen blauen Augen schießen sofort zur Tür, als ich rauskomme.

„Na, [redacted]?", flüstere ich, als ich an ihr vorbeigehe. „Hat dir das Schaumbad Spaß gemacht?"

„Total, [redacted]", sagt sie honigsüß. „Dir werden die zehn zusätzlichen Hausarbeitsstunden bestimmt auch gefallen. Soll ich dir von Frau Halbach ausrichten. Sie war richtig enttäuscht von dir."

Das würde mich bestimmt treffen, wenn nicht in dem Moment Dante um die Ecke schießen würde. Mit einem Ausdruck auf dem Gesicht, als hätte ich gerade alle Goldmedaillen bei den Olympischen Spielen abgeräumt. Er sieht aus, als würde er am liebsten applaudieren.

„Feuerlöscher!", ruft er mir entgegen. „Brillant, Enni! Absolut brillant!"

Auf meinem Gesicht breitet sich ein [illegible] breites Grinsen aus, das ich gar nicht zu unterdrücken versuche. Das Schönste ist, dass Lilith ihn hört, bevor sie in Ihrem Büro verschwindet. Und ihr Gesicht sieht aus, wie Ihr Polstersessel riecht.

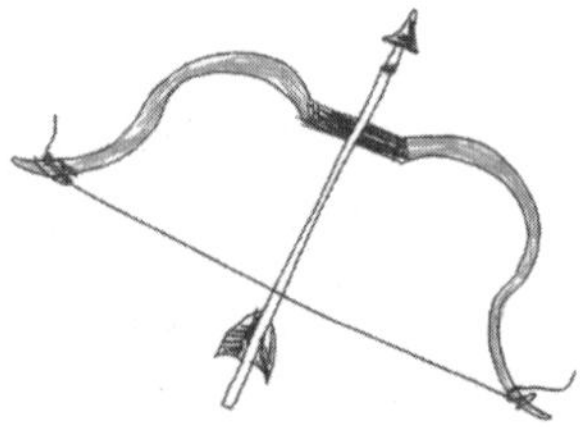

DAS X

Es ist Zeit, mir das x anzusehen. Für alles gibt's Lösungen. Du brauchst nur einen Plan. Sobald ich allein auf meinem Zimmer bin, ziehe ich mein Tablet heraus und fange an zu recherchieren. Okay, es ist [redacted] doof, dass ich Noah nicht erreichen kann oder er mich. Aber ich weiß, für welche Firma sein Vater arbeitet. Die hat schon eine neue Homepage mitsamt Adresse in Basel. Sogar mit einem Foto von Ralf und seiner Handynummer und E-Mail-Adresse. Klar ist seine private Adresse nicht drin, aber was soll's? Er fährt jeden [redacted] Abend um sieben nach Hause. Ich muss nur vor dem Büro auf ihn warten und ihm folgen.

Ich stelle mir vor, wie Noah aus dem Haus kommt und ich vor ihm stehe. Oder er geht an mir vorbei und ich stecke zwei Finger in den Mund und pfeife. Das wollte Noah mir immer beibringen, wie man mit zwei Fingern pfeift.

Ich muss es noch üben, es klappt nicht jedes Mal. Ich werde also pfeifen, mit zwei Fingern, dann dreht er sich um – und dann kommt das Wolfsgrinsen, und er läuft auf mich zu, hebt mich hoch und drückt mich so fest, dass mir alle Rippen wehtun.

Ich find ihn schon. Ich kann ihm halt nur nicht vorher sagen, dass ich komme, aber das wird er verkraften.

Was ich immer noch brauche, das ist der Reisepass, und an den komm ich nur mit Dantes Hilfe. Das Appart-e-moh von der Halbach hat glücklicherweise auch ein Gerüst vor dem Fenster. Der nächste Schritt ist also, rauszufinden, wo genau sie die Pässe aufbewahrt.

Dann suche ich nach dem Final Destroyer im Magic Place Park und finde sogar ein Video auf YouTube. Irgendwelche Irren fahren mit diesem Ding. Katapult-Start heißt, dass die praktisch einen festen Stoß in den Rücken kriegen, bevor sie losflitzen. Wie die Kugel in einem Flipperautomaten. Und dann geht's so hoch rauf, dass du allein deshalb schon kotzen könntest. Du sitzt auch nicht in einem normalen Wagen wie sonst. Du hast einen Sitz mit Gurt wie im Flugzeug und der hängt nur mit der Kopfseite an den Schienen dran, er steht nicht drauf. In jeder Kurve fliegen deine Beine nach außen wie in einem Kettenkarussell. Irgendwann kommt so ein Turm. Da wird das Video schwarz. In dem Turm geht's wie in einem Aufzug steil nach oben. Da drin ist es stockdunkel – und dann lassen sie dich abstürzen. Mann! Wer macht so was? Und bezahlt dafür? Echt jetzt? Sind das Leute, die sich danach in ein Becken mit Haien sperren lassen? Oder sich in eine Wanne mit [redacted] Schlangen legen? Das ist doch der absolute [redacted] Albtraum, Mann! Und das will Karan machen? [redacted] Mystery! Ich kapier's null. Keine zehn Nilpferde kriegen mich auf so was drauf!

Wenigstens ist der Magic Place Park nicht weit weg. Weniger als zwei Stunden mit der Bahn. Und wir müssen nicht mal Bahn fahren. Wir haben Mattis' Schwester mit dem VW-Bus.

Als Nächstes sehe ich mir Wanderkarten an. Zuletzt hab ich mir welche mit Noahs Eltern angesehen, für Südtirol. Jetzt seh ich mir den Fenrisforst ab der Saakser Spitze an, wie unser Berg heißt. Der Gondelführer hat nicht gelogen: Auf der anderen Seite besteht die Saakser Spitze nicht aus

Fels, sondern aus einem dichten Nadelwald, der offenbar unendlich groß ist. Ich sehe auf dem Satellitenbild keine Wege, also gehe ich auf die Kartenansicht. Hier sind Wanderwege eingezeichnet. Aber natürlich ist der [redacted] Wald auch steil. Nicht so steil wie die andere Seite mit der Seilbahn, aber steil genug, um ein Problem für Dante zu sein.

Nur lassen sich alle Probleme der Welt lösen, wie Frau Edmund-Horbarth gesagt hat. Deshalb sehe ich mir das x an. X ist ein Junge im Rollstuhl. Er muss also fahren. Und ich kenne zumindest ein Gefährt, das sich schon auf dem Berg befindet und mit dem wir problemlos ins Tal kommen würden. Ist nur die Frage, wie lange der Tank reicht und ob vier Leute drauf passen. Aber auch das lässt sich im Internet herausfinden. Ich finde das Fassungsvermögen des Tanks auf der Hersteller-Homepage und die Kilometer des Wanderwegs durch den Fenriswald auf der Wanderkarte. Passt. Leider war's das noch nicht:

Der Weg führt nämlich nicht zu einem Ort. Dort unten ist [redacted] gar nichts. Man muss ganz runter an den Fuß der Saakser Spitze und dann rundherum um den Berg, um nach Saaks zu kommen. Und da ist natürlich auch keine Bahnstation, sondern nur eine Bushaltestelle. Mann, wer kommt auf die Idee, an so einem Ort ein Hotel zu bauen? Oder überhaupt irgendwas? Ich meine, ist hier vor ein paar Hundert Jahren so ein Ötzi entlanggestiefelt, hat den Berg gesehen und gedacht: [redacted], da bleib ich jetzt?

Ich gehe ans Fenster und schaue nach draußen. Ganz weit unten im Tal strahlen ein paar Lichter. Es ist keine Stadt, klar. Nur ein paar [redacted] Häuser und Straßenlaternen. Sieht trotzdem hübsch aus, die leuchtenden Punkte. Ganz dunkel ist es noch nicht, mehr so dunkelblau, Dämmerung. Ich glaube, ich hab noch nie an einem so hübschen Ort gewohnt. [redacted] egal. Noah ist nicht hier. Wahrscheinlich haben sie ihn jetzt schon in die neue Schule gesteckt. Streitet er mit seinen Eltern? Ist er ihnen böse, weil sie mich nicht mitgenommen haben? Kann er sich überhaupt unterhalten mit den anderen Schülern? Oder sprechen die alle Schweizerdeutsch und er versteht kein [redacted] Wort?

Pünktlich, als es dunkel wird, meldet sich der Geist wieder. Es ist ein Knistern und ein Rascheln in der oberen rechten Ecke des Zimmers. Da, wo die [redacted] Schlingpflanzentapete auf die [redacted] Elefantentapete trifft.

Natürlich ist nichts zu sehen. Vielleicht wartet der Geist auch erst mal ab, ob ich ein komplettes [redacted] bin, bevor er sich zeigt. Solange es kein Poltergeist ist, der anfängt mit Sachen um sich zu werfen, ist ja alles okay.

Ich überlege kurz, ob ich meine E-Mails abrufen soll,

aber Noah hat garantiert nicht gemailt, und die Mails, die ich hundertpro bekommen habe, die will ich jetzt nicht lesen.

Es klopft an meiner Tür. Vielleicht der Kollege vom Geist hinter der Tapete: der Poltergeist aus dem Westflügel.

„Ja?"

Es ist gar kein Geist. Weder Polter noch sonst was. Es ist der Antichrist. Lilith.

„Hallo?", fragt sie in den Raum, obwohl ihre Augen unbeirrt zu der Stelle wandern, an der ich sitze. Die Kleine ist gruseliger als jeder [redacted] Geist.

„Was willst du, [redacted]?", fahre ich sie an.

Sie lächelt lieb. „Hier riecht's komisch", stellt sie fest und rümpft die kleine Spitznase. „Nach Nagetierkäfig, den ewig keiner sauber gemacht hat."

„Wahrscheinlich nach Ratte", gebe ich zurück. „Seitdem du reingekommen bist."

Sie lächelt weiter. „Herr Doktor Mergen sagt, ich soll mich bei dir entschuldigen."

„Wozu? Mich hast du nicht mit [redacted] Papierkügelchen bespuckt."

„Ich muss mich auch bei Karan entschuldigen", gibt sie zu.

„Gut."

Sie steht in der Tür und bewegt sich nicht.

„Warum machst du so was?“, frage ich sie. „Ich mein, hast du irgendeinen genetischen Fehler und deshalb bist du so ein [redacted] [redacted]?“

Sie lächelt weiterhin süß. „Deine [redacted] Moralpredigt kannst du dir gefaltet in den [redacted] stecken", flötet sie. „Willst du mir wirklich erzählen, dass ich zu allen nett sein muss? Du kriegst keinen [redacted] Tag rum, ohne jemandem an die Gurgel zu springen … Ich bin vielleicht blind, aber das heißt nicht, dass ich eure [redacted] Mitleidsblicke nicht mitkriege. ‚Oh guck doch, wie hübsch die ist mit den blonden Löckchen … och nö, die ist ja blind. Och, die arme Süße! Mir kommen die Tränen. Ihr könnt mich alle kreuzweise, [redacted] [redacted]!"

Okay, natürlich war mir klar, dass Lilith in Wahrheit genau so drauf ist. Aber sie so reden zu hören und dabei zu sehen, wie sie dasteht mit dem süßen Lächeln – dabei läuft mir ein [redacted] Schauer über den Rücken.

Und mein Geist, der verhält sich gerade ganz, ganz leise. Der hat wahrscheinlich Angst vor Lilith.

Sie wendet sich zum Gehen, dreht sich noch mal um. „Übrigens kannst du Dante und deinen neuen Freunden ausrichten, dass ich von euren Plänen weiß und dass ich euch auffliegen lasse. Es sei denn, einer von euch besorgt mir ein Handy. Und damit meine ich kein [redacted] registriertes Teil, von dem die Halbach weiß, kapiert? Ihr habt drei Tage. Wenn du ein kleines bisschen Hirn im Schädel hast, dann hältst du dich raus aus der Nummer. Dante ist nicht so toll, wie du glaubst, [redacted]! Niemand ist das."

Sie zieht die Tür sanft ins Schloss. Genauso sanft, wie sie den Pfeil abgeschossen hat. Ändert nichts daran, dass die kleine mitten ins Ziel trifft. Sobald die Tür ins Schloss fällt, springe ich auf und schnappe Albas Deutschheft. Eigentlich hätte ich noch eine Woche Zeit bis zu Karans Geburtstag. Was soll's? Die Flucht wurde vorverlegt. Wir haben drei Tage.

Das Internat ist einfach gigantisch groß. Das ist kein Haus, das ist eine Stadt für sich. Allein der Teil mit den Lehrerapartments ist groß genug, um ein eigenes Gebäude zu sein. Glücklicherweise steht überall der Name an der Tür. Krevic steht an einer. Aber ich will nicht zu Louisa und Lucky. Ich trommle an die Tür mit dem Namen Halbach drauf. Dass Albas Mutter noch in ihrem Büro sitzt, weiß ich, weil ich dort noch Licht gesehen habe. Aber Alba macht sofort auf. Ich höre den Fernseher im Wohnzimmer hinter ihr. Klingt nach Zeichentrick. Wieder fällt mir auf, wie ähnlich wir uns sehen. Außer den zehn Zentimetern Größenunterschied. Und den blauen Haaren.

„Hallo, Alba", sage ich freundlich. „Ich bin's, Enni … Ich wollte nur dein Deutschheft zurückbringen. Hast du schon das Rap-Gedicht fertig? Darf ich reinkommen?"

Natürlich hätte sie mich nicht gefragt, ob ich reinkommen will. Aber wenn du fragst, ob du reinkommen darfst, sagt fast nie jemand Nein. Alba sagt gar nichts. Sie geht einfach einen Schritt zur Seite. Ich kann fast hören, was sie denkt: Das würde ihrer Mama nicht gefallen, dass sie Besuch bekommt, von dem die nichts weiß.

Rotzfrech stiefle ich ins Wohnzimmer, wo der Fernseher läuft. Irgendein Animationsfilm. Ich setze mich aufs Sofa und grinse Alba an wie eine [redacted] Idiotin.

„Hat mir sehr geholfen, das Heft. Danke!"

Sie bleibt stehen. Kratzt sich mit dem linken Fuß am rechten Bein. Sie weiß nicht so recht, was sie mit mir anfangen soll. Am liebsten hätte sie, dass ich wieder verschwinde, aber sie weiß nicht, wie sie danach fragen soll. Blöde Situation. Vor allem, weil ich nichts sage.

„Wie … wie gefällt's dir denn in Saaks?", fragt sie schließlich.

Und schnapp macht die Falle.

„Gut", sage ich. „Das ist der schönste Ort, an dem ich je war." Und schon bin ich am Ziel. „Aber ich war auch noch nie wirklich irgendwo. Deine Mutter hat erzählt, dass du mit ihr in Thailand warst … Das muss echt cool gewesen sein. Du bist echt voll geflogen!"

Na klar bin ich auch schon geflogen. Nicht nach Thailand, aber Flugzeug ist Flugzeug, oder? Das muss Alba aber nicht wissen.

Ja, ich weiß schon, da ist wieder mein „destruktives und

antisoziales Verhalten“, oder? Ich mein wegen der [redacted] Lügen und so. Und die hab ich nur erzählt, weil ich Albas Pass klauen wollte. Stehlen war auch auf der [redacted] Liste, oder?

Sofort taut Alba auf. Sie kniet sich auf den Sessel mir gegenüber und grinst. „Das war echt sooo cool“, schwärmt sie. „Tausendmal besser als die Insel Rügen mit meinem Papa. Wir waren in so einer Hotelanlage, da konnten wir den ganzen Tag alles essen, was wir wollten. Den ganzen Tag lang Schokopudding und Eis und Pommes und Spaghetti und …“

Allein für die Aufzählung der [redacted] Speisen braucht sie eine halbe Ewigkeit. Ich höre ihr zu, hänge richtig an ihren [redacted] Lippen, als würde sie mir verraten, wie die nächste Staffel meiner Lieblingsserie weitergeht. Ich unterbreche sie nur ganz kurz, um sie zu bitten, dass sie ein Fenster aufmacht, weil es wahnsinnig heiß ist. Und einmal gehe ich kurz aufs Klo und finde, was ich suche: braunes Haarfärbemittel von Frau Halbach. Sie hat vier Packungen im Schrank unter der Spüle. Dass eine fehlt, wird ihr nicht auffallen. Ich öffne noch schnell das Fenster, dann höre ich Alba weiter zu, bis es irgendwann nicht mehr ganz so auffällig ist, als ich sage:

„Hast du da vorher irgendwelche Spritzen gekriegt? Ich hab gehört, dass man für Thailand irgendwelche

Impfungen braucht. Du hast hundertpro auch einen Reisepass, oder? Hast du da einen Stempel gekriegt? Darf ich den mal sehen?“

Sie plappert drauflos und ist so beschäftigt damit, meine Fragen zu beantworten, dass sie fast automatisch zu einer Holzkommode unterm Fenster geht. Da ist also der [redacted] Pass. Sie greift nach dem Griff der ersten Schublade, zieht und –

„Oh, Mama schließt die immer ab, wenn sie geht. Ich zeig ihn dir wann anders, okay? Und dann hab ich diese Hepa … Hepha... diese andere Spritze gekriegt und danach ist mein Arm total angeschwollen wie so’n halber Tennisball …“

Ich bin nicht enttäuscht, kein [redacted] bisschen. Ich hätte den Pass jetzt sowieso nicht mitnehmen können. Aber ich weiß, wo er ist. Und ich hoffe, dass Lucky nicht mehr sauer auf mich ist. Sonst hat er vielleicht gar keine Lust, das Schloss zu knacken.

JACKPOT

Lucky und ich sehen zu, wie Dante sich aufs Fensterbrett schwingt und von da mühelos nach dem Gerüst greift. Dann steht nur noch der leere Rollstuhl da. Dante hängt draußen unter dem Sternenhimmel in einer Höhe, die ausreicht, um ihn in Mus zu verwandeln, sollte er runterfallen. Er grinst mich an, als wäre das eine absolute Unmöglichkeit. Als hätte Isaac Newton mit seinem [redacted] Apfel alles falsch verstanden, als würde die Schwerkraft nicht gelten für Dante Dahlem. „Bis später, ihr zwei."

Damit greift er nach der nächsthöheren Querstange und schwingt die Beine hin und her, bis er den Abstand mühelos überbrücken kann.

„Der macht das dauernd", sagt Lucky beruhigend und nimmt meine Hand.

Lucky ist so viel besser drauf, dass ich mich ernsthaft

frage, ob er vielleicht einen Zwillingsbruder hat, der mich nicht leiden kann. Deshalb bringe ich es auch noch nicht übers Herz, ihm die ganze Wahrheit zu erzählen. Ich habe Karan, Dante, Lucky und Mattis nur gesagt, dass wir im Morgengrauen abhauen. Was ich noch nicht dazu gesagt habe, ist, dass ich nicht mitkomme, wenn sie am Nachmittag nach Saaks zurückkehren. Was ich ihnen auch nicht erzähle, ist, dass ich einen Deal mit Lilith gemacht habe. Sie hat jetzt mein Handy, allerdings nicht als Schweigegeld, weil sie mich erpresst hat, sondern als Bestechung, damit sie uns morgen deckt.

Und jetzt grinst mich Lucky mit seiner Zahnlücke an. Ich fühle mich kein bisschen wohl damit, dass er dabei ist. Was, wenn wir erwischt werden? Was, wenn seine Mama ihren Job verliert, weil ich den Knirps in meine Probleme mit reinziehe?

„Ganz sicher, dass deine Eltern nichts merken?", frage ich ihn noch mal.

„Nee, weil die Mama schnarcht so laut, dass sie überhaupt gar nichts hört", wiederholt er. „Und der Papa hat so Stöpsel in den Ohren, damit er die Mama nicht hört."

Das ist die Erklärung dafür, dass Lucky jetzt neben mir steht, um Mitternacht, in einem dunklen Korridor im Westflügel vor den Lehrer-Appart-e-Mohs, und darauf wartet, dass Dante uns die Tür zu Halbachs

Wohnung von innen aufmacht. Ich hätte nicht gedacht, dass es so nervenaufreibend sein würde. Das Schloss zur Wohnung hat Lucky nur kurz fachmännisch besichtigt und erklärt, dass er keine Sicherheitsschlösser aufkriegt.

Erstens weiß ich nicht, ob eines der beiden [redacted] Fenster offen geblieben ist, die ich aufgemacht habe. Zweitens weiß ich nicht, ob die Halbach und Alba wirklich schon im Bett sind. Drittens kann ich nur hoffen, dass die [redacted] Garage weiterhin nicht verschlossen ist und dass Mattis' Schwester nicht vergisst, was sie uns versprochen hat.

„Meinst du, er ist schon am Fenster?", fragt Lucky. Er redet nicht laut, aber mein Herz macht trotzdem einen Sprung.

„Psst", mache ich. „Ich seh auch nicht mehr als du."

Ein Biologielehrer hat uns mal erzählt, dass die ganze Welt puren [redacted] erzählt über Serotonin. Er hat gesagt, alle würden davon sprechen, dass es ein Glückshormon sei. Je mehr man davon im Blut hätte, desto glücklicher wäre man. Er hat gesagt, das wäre totaler [redacted]. Er hat von einer Studie erzählt. Da haben sie Ratten auf den Rücken gelegt und sie festgebunden. Die Ratten haben gestrampelt und sich gewehrt. Aber irgendwann haben die Ratten gemerkt, dass das Strampeln gar nichts ändert. Sie waren weiterhin festgebunden. Dabei ist ihr Serotoninspiegel immer weiter gestiegen. Bis sie schließlich aufgegeben und nicht mehr gekämpft haben. Die Ratten sind gestorben. Aber – und das war der Punkt, hat der Lehrer gesagt: Wenn man den Ratten ein Stöckchen vor die Schnauze gehalten hat, an dem sie nagen konnten, dann ist das Serotonin niedrig geblieben und die Ratten sind nicht gestorben. Weil sie gedacht haben, sie könnten sich befreien. Weil sie was zu tun hatten. Weil sie daran glauben konnten, dass ein durchgenagtes Stöckchen vielleicht was ändern würde. Weil sie nicht komplett hilf- und machtlos waren.

Ich hasse es, dass Dante an dem Gerüst hochklettert und dass ich hier hocke und warte und gar nichts tun kann. Wenn er abstürzt? Wenn er entdeckt wird? Vielleicht brauche ich ein Stöckchen, an dem ich nagen kann?

In dem Moment knackt es innen an der Halbach-Tür und sie geht auf. Dante sitzt dahinter auf dem Boden. Er langt mit einer Hand nach dem Rollstuhl, den Lucky ihm hinschiebt, mit der anderen zieht er sich an der Türklinke hoch und setzt sich in den Stuhl. Er grinst uns an, bis unter die Haarspitzen voll Adrenalin und bester Laune. Ich verstehe, was Ahmet Armut gemeint hat: Dante scheint im Dunkeln zu leuchten. Seine Haut ist fast so golden wie seine Haare und seine Augen sprühen Funken. Das ist ansteckend wie ein Virus. Ich spüre, dass ich grinse.

Da zupft mich Lucky am Ärmel und zieht mich in die Wohnung. Ich brauche einen Augenblick, bis sich meine Augen an die Dunkelheit gewöhnt haben. Dann nehme ich Lucky an der Hand und führe ihn durch den Flur ins Wohnzimmer. Ganz ehrlich: Ich hab die Hose ziemlich voll. Es ist ein merkwürdiges, ein [redacted] Gefühl, unerlaubt im Zuhause von jemand anderem zu sein. Hätte nicht gedacht, dass mich das so mitnimmt. Es fühlt sich an, als würde ich im Schuhkarton eines anderen wühlen. Mir ist etwas übel.

Eine Wohnung im Dunkeln ist immer komisch. So was siehst du normalerweise nur, wenn du aufs Klo musst und zu faul bist, den [redacted] Lichtschalter zu drücken. Hier kommt noch dazu, dass ich mega [redacted] hab, die Halbach könnte aufwachen. Auf dem Couchtisch liegt ihre rote Brille. Das gibt mir einen Stich. Die Halbach ohne Brille, das ist wie eine [redacted] Schildkröte ohne Panzer.

Lucky deutet auf die Kommode, fragend. Ich sehe sein kleines Gesichtchen im Licht der Sterne und frage mich, ob ich vollkommen [redacted] [redacted] durchgeknallt bin, ihn in so eine Situation zu bringen. Aber da hat er schon ein paar silberne Stifte ausgepackt mit unterschiedlich gekrümmten Drähten am Ende und kniet sich vor die Kommode.

Ich sehe ihm zu, wie er eine Weile in dem Schloss rumstochert. Gerade als ich denke, dass das so auf keinen Fall klappen kann, da zieht er die Stifte aus dem Schloss, grinst mich an – und macht die Schublade auf. Erst kapier ich's nicht. Mein [redacted] Hirn schnallt nicht, dass die zwei Sachen nichts miteinander zu tun haben. Aber als Lucky die Schublade aufmacht, geht das Licht an. Deshalb reagieren wir beide überhaupt nicht, als Frau Halbach ins Wohnzimmer schlurft. Ihre Haare stehen komisch von ihrem Kopf ab, und ihre Augen sind zusammengekniffen wie bei einem [redacted] Maulwurf, der in die [redacted] Mittagssonne blinzelt. Sie sieht uns nicht. Sie schlurft in ihrem Pyjama durchs Wohnzimmer und verschwindet durch eine Tür. Wir hören, wie der Klodeckel aufgeklappt wird. Sie war nicht zu faul, den Lichtschalter zu drücken. Ich schubse Lucky aus dem Wohnzimmer und bewege nur die Lippen: „Raus!"

Er windet sich, also verpasse ich ihm einen Tritt in den Hintern und er verkrümelt sich. Ich schiebe die Schublade zu und verkrieche mich hinter der Kommode. Nach gefühlt zwei Tagen höre ich endlich die Klospülung. Dann den Wasserhahn. Klar wäscht sich die Halbach die [redacted] Hände. Endlich höre ich wieder die Klotür. Und dann – geht der Fernseher an. [redacted]! Ich könnte kotzen! Was soll das denn jetzt? Das Sofa knarrt, als sie es sich da-

rauf bequem macht. Ich höre die Titelmelodie von Game of Thrones. Oh [redacted]! [redacted]! Was, wenn sie jetzt eine ganze Staffel bingewatcht? Das darf doch nicht wahr sein! Dann muss ich die Nacht hinter der [redacted] Kommode verbringen, nur damit die Halbach morgen früh merkt, dass die Schublade nicht verschlossen ist, sie absperrt und aus der Wohnung geht. Dann sperrt sie auch noch hinter sich ab und ich muss über das [redacted] Gerüst rausklettern. Und der ganze Plan ist im [redacted]! Das Blöde ist nur: Ich hab wieder kein Stöckchen, an dem ich nagen könnte. Ich kann gar nichts machen, überhaupt nichts. Ich sitze hier fest! Die Minuten vergehen.

Irgendwann fasse ich mir ein Herz, robbe an die Kante, bleibe dabei mit meinem blöden BlueChip-Band an einem Griff hängen und erwürge mich fast. Ich schiebe den Kopf vor und werfe einen Blick zum Sofa. Da sitzt die Halbach, die Füße auf dem Couchtisch, die [redacted] Brille auf der Nase und guckt auf den [redacted] Fernseher. Ich kann es erst nicht sehen, weil sich das Bild vom Fernseher in ihren Gläsern spiegelt. Aber dann höre ich ihre Atemzüge, tief und regelmäßig. Die Halbach schläft vor dem Fernseher.

Ganz leise gehe ich in die Knie und ziehe die Schublade auf. Darin liegen mehrere Papiere und dreihundert Euro in bar … Kurz bin ich in Versuchung. Das Geld würde alles so viel einfacher machen. Ich bringe es trotzdem nicht übers Herz. Und dann leuchtet was in Weinrot: zwei Reisepässe. Ich klappe den ersten auf – das ist der von Nadin Halbach. Der zweite ist der von Alba. Auf dem Foto ist sie gut ein Jahr jünger als heute und sieht mir damit noch ähnlicher. [redacted] Jackpot!

Ich schiebe die anderen Papiere genau so wieder in die Schublade, wie ich sie vorgefunden habe. Als ich sie wieder zumache, stutze ich. Auf einem hellgelben Aktendeckel habe ich etwas gelesen … Kann das sein? Ich habe nicht so darauf geachtet, weil ich nach dem Reisepass gesucht habe. Ich mache die Lade wieder auf, räume ein paar Blätter zur Seite. Da ist die Akte. Auf dem Deckel steht in [redacted] großen schwarzen Buchstaben: Dante Benjamin Dahlem.

Die Halbach auf dem Sofa grunzt und zuckt kurz, schläft aber wieder weiter. Ich schlage den Aktendeckel auf. Da ist ein Foto von Dante, daneben sein Name und sein Geburtsdatum. Und etwas über seine Mutter und seine Halbschwester und seinen Stiefvater. Ah, okay, also die [redacted] Schülerakte. Aber warum hat die Halbach die in ihrer privaten Wohnung? Ich will die Akte gerade zuschlagen, da sehe ich ein Foto von einem Soldaten mit Schiebermütze schief auf dem Kopf, Orden an der Brust. Er kommt mir bekannt vor. Und dann hab ich's: Das ist Ahmet Armut, nur fünfzehn Jahre jünger. Das Blatt mit dem Foto ist eine Art Bewerbungsschreiben. Da steht was von Kampfsportarten, Militärausbildung, Bodyguard … Dahinter kommen einige Seiten mit Kontoauszügen. Da sind Einzahlungen auf das Konto des Internats aufgelistet: dreitausendachthundert Euro im Monat. [redacted] [redacted]! Irgendwer hat mir das erzählt, dass es mehr als ein normales Monatseinkommen kostet, hier im Internat zu wohnen und zur Schule zu gehen. Aber es ist noch mal krass anders, wenn man es so schwarz auf weiß sieht. Die Beträge auf den Kontoauszügen kommen von einer Anwaltskanzlei: Nienberg, Lausch & Partner. Ich überlege kurz, aber es sind Dutzende Seiten, und ich hab kein Handy mehr, um Fotos zu machen. Also nehme ich einfach die letzte Seite raus, falte sie leise zusammen und stecke sie in meinen Rucksack.

Ich lege mich auf den Boden und krieche auf dem

[redacted] Bauch durchs Wohnzimmer. Erst im Flur stehe ich wieder auf und verschwinde leise durch die Wohnungstür und mache sie hinter mir zu. Dante schießt aus einer dunklen Ecke und sieht mich fragend an, mit diesem Leuchten im Gesicht. Ich zücke den Pass und halte ihn hoch, schaffe sogar ein Lächeln.

Aber mein Herz rast und ich kann es in meinen Ohren rauschen hören. Ich fühle mich wieder genau so, wie ich mich gefühlt habe, als ich Dante das erste Mal begegnet bin. Als wäre ich in die Geschichte von jemand anderem gerutscht und plötzlich nur noch eine Nebenfigur.

Ich versuche, das Gefühl zu verdrängen. Morgen bin ich in Basel. Übermorgen sehe ich Noah wieder. Alles andere ist egal, [redacted] egal.

GEHEIMNISSE

Ich sitze mit nassen Haaren in meinem Zimmer auf dem Ritter-Totenbett und sehe mich um. Die Vögel singen sich seit einer halben Stunde die Seele aus dem Leib, aber noch ist es nicht hell. Es ist vier Uhr dreißig morgens und ich nehme Abschied. Ich verabschiede mich von den Lichtern im Tal und von den Sternen über den Bergen, vom türkisen See, in dem ich nicht ein einziges Mal geschwommen bin. Von den [redacted] kotzwiderlichen Tapeten und vom Geist in der Ecke. Dann stehe ich auf und lege mein Tablet auf den Schreibtisch am Fenster. Es fühlt sich nicht richtig an, es mitzunehmen. Am liebsten würde ich es Frau Edmund-Horbarth zurückgeben und ihr alles erklären. Ich habe das Gefühl, dass sie es verstehen würde. Natürlich würde sie trotzdem [redacted] Alarm schlagen. Obwohl wir beide wissen, dass x gleich y ist.

Ich trage Noahs Hemd, meine alten Stiefel, Jeans und

eine Mütze. Sonst habe ich nur meinen Rucksack dabei. Den, den ich für den [redacted] Wanderurlaub in Südtirol bekommen habe. Ich habe nicht mehr eingepackt als in der Nacht, als ich mit Noah abgehauen bin. Nichts aus dem Koffer, den Noahs Mutter für mich gepackt hat mit den [redacted] neuen, teuren Klamotten, die sie mir gekauft hat. Nur ihre hundert Euro hab ich eingepackt. Die brauch ich für die Fahrt zu Noah. Das [redacted] Busticket konnte ich leider nicht online kaufen, weil ich keine [redacted] Kreditkarte habe, aber das bekomme ich auch am Schalter. Ich muss nur so tun, als wäre meine Mutter irgendwo hinter mir. Wenn der Bus dann keine Verspätung hat, bin ich noch heute Abend in Basel.

Als ich das Licht ausschalte, raschelt der Geist in seiner Ecke wieder. Und weil es schon beinahe hell draußen ist, sehe ich ihn zum ersten Mal auch. Aus der kaputten Steckdose in der hinteren Ecke des Zimmers schaut ein grauer Kopf mit riesigen Augen. Er hat ein Fell. Vielleicht hat Lilith das gerochen? Eine Ratte?

„Mach's gut, Geist", sage ich leise. „Jetzt gehört das Zimmer wieder dir."

Die anderen warten schon vor der Garage auf mich: Dante, Karan und Lucky. Dante grinst mich an.

„Hab ich dir schon gesagt, wie genial das ist? Ich versteh nicht, dass ich nicht draufgekommen bin."

„Dafür fehlt dir die kriminelle Energie", erkläre ich. „Ich meine, um einen [redacted] Rasenmäher zu klauen." Ich sehe Karan an, der meinem Blick ausweicht, wie immer. „Happy Birthday, Karan."

Er nickt kurz. Praktisch eine Umarmung im Karan-Universum.

Die Garage ist unverschlossen. Was auch irgendwie logisch ist. Ich meine – wer sollte hier oben irgendwas klauen? Ich gehe vor. Ich bin die Einzige, die eine Taschenlampe hat. Mo ist nicht zu übersehen. Der Rasentraktor steht mitten im Raum. Der Benzinkanister ist schwerer zu finden, aber Lucky entdeckt ihn in einem Regal. Ich tanke, Karan und Dante hängen inzwischen den Gras-Fangkorb ab und befestigen stattdessen einen kleinen Anhänger, in dem man sonst Dünger ausfährt. Zumindest stand das in der Bedienungsanleitung auf der Homepage des Herstellers.

Niemand diskutiert darüber, wer fährt. Dante fährt. Er schwingt sich elegant in den Sattel, Karan setzt sich hinter ihn, und Lucky und ich hocken uns in den Anhänger, weil wir die Kleinsten sind. Wir müssen ja auch noch Dantes Rollstuhl unterbringen.

„Ich hab zwei", erklärt er. „Das ist der sportliche. Damit bin ich nicht ganz so schnell, dafür ist er klappbar und leicht."

Dante startet Mo, und mir bleibt das Herz stehen. Ich kann sehen, dass es den anderen genauso geht. Er ist so [redacted] laut! Wie konnte ich das vergessen? Mo klingt wie ein [redacted] Helikopter.

„Oh Mann!“, ruft Lucky und sieht mich besorgt an. „Die wachen doch alle auf. Also alle bis auf meine Eltern. Weil meine Mama schnarcht lauter als Mo.“

Ich muss lachen. Außerdem ist es jetzt eh zu spät. Dante gibt Gas und wir tuckern aus der Garage. Gerade sind wir durchs Tor, als Dante ruckartig abbremst. Ich kann's nicht gleich sehen, weil Karan vor mir aufragt wie ein Riese auf einem Bobby-Car.

„Oh [redacted]“, sagt Lucky. „Onkel Ahmet.“

Ich lehne mich zur Seite und sehe ihn auch. Ahmet Armut steht breitbeinig vor der Garage, unrasiert und mit tiefen Ringen unter den Augen, als hätte er nicht geschlafen. Dante macht den Motor aus.

„Guten Morgen, Ahmet“, sagt er dann fröhlich. „Nicht gut geschlafen?“

Ich überlege kurz, meine Mütze zu ziehen. Was für ein [redacted] Schauspieler! Er klingt, als würde er beim Sonntagsausflug mit der Familie einen Nachbarn treffen. Uns geht's gut – ist das eine Hitze heute – und wenn es nicht bald regnet, vertrocknet die Hecke – Ihnen auch noch einen schönen Sonntag und Grüße an die liebe Frau.

„Nhn“, macht Ahmet Armut, schiebt sich eine Zigarre in den Mund und zündet sie mit einem silbernen Sturmfeuerzeug an, ohne uns eine Sekunde aus den Augen zu lassen. Er fragt uns nichts. Er steht einfach da und guckt. [redacted].

„Wir konnten alle nicht schlafen“, sagt Dante. „Was dagegen, wenn wir ein bisschen den Rasen mähen? Wir sind auch nicht lang weg.“

Ahmet Armut bewegt sich keinen Millimeter, saugt nur an seiner Zigarre und sieht uns an, forschend. So auf die Art: echt jetzt?

„Ach, Onkel Ahmet, mach das jetzt nicht kaputt“, bettelt Lucky. „Wir wollen nur so'n bisschen rumfahren.“

Ahmet Armut pustet dicken Qualm aus dem Mundwinkel, fischt ein verirrtes Stückchen Tabak von der Zunge und sieht uns dann bedauernd an.

„Ab ins Bett. Alle“, sagt er durch die Rauchschwaden.

Karan macht ein Geräusch. Irgendwas zwischen Grunzen und Winseln. Wie ein Tier, das einsieht, dass es nicht mehr rauskommt. Aber wir sind noch nicht am Ende, [redacted] [redacted].

Ich klettere aus dem Anhänger und gehe auf Ahmet Armut zu. Dann ziehe ich das gefaltete Blatt Papier aus meiner Jeanstasche.

„Wir haben einen Passierschein“, bluffe ich und hoffe, dass ich recht habe. Ich reiche ihm das Blatt. „Das erklärt garantiert alles, wenn es der Richtige in die Finger kriegt.“

Er faltet es auf, sieht mich dabei abschätzend an. Dann frieren seine [redacted] Gesichtszüge ein. Er schaut schnell zu den drei Jungs auf dem Rasenmäher, dann zieht er mich ein paar Schritte weg.

„Wo zum [redacted] hast du das her?“, fragt er scharf.

Dabei zucke ich ein bisschen zurück. Ich denke an das Bild von ihm in Uniform. Ich höre sie noch in seiner Stimme – die Uniform. Und die Orden. Das ist eine Stimme, die anderen Männern sagt, was sie tun sollen.

Ich recke das Kinn hoch und sehe ihm gerade in die Augen. Ich bin kein Mann und ganz sicher keiner in [redacted] Uniform. Ich tue selten, was man mir sagt.

„Mir fällt gerade keine gute Lüge ein“, gebe ich zu. „Wenn ich ganz wach bin, lass ich mir eine einfallen. Nur für Sie.“

Er lacht nicht. „Was willst du damit?“

„Nichts“, sage ich unschuldig. „Ich gebe es Dante.“

Er hält den Atem an. Seine Augen huschen kurz zu Dante.

„Aber jetzt haben Sie's ja", fahre ich fort. „Und die Jungs wollen nur einen Ausflug machen, Spaß haben."

„Und du?"

„Ich komm nicht zurück."

Das scheint ihn zu erleichtern. Er faltet das Blatt zusammen und steckt es in seine Hemdtasche.

„Okay", sagt er. „Okay. Hast du Geld?"

Ich schüttle den Kopf. Er langt in sein Portemonnaie, zieht ein paar Scheine raus und gibt sie mir. Ich weiß, er macht es nicht, um mir zu helfen. Er macht es, um mich [redacted] loszuwerden. Um sicherzustellen, dass ich nicht zurückkomme. Ich nehme sein Schweigegeld, gehe zurück zum Traktor und klettere zu Lucky in den Anhänger.

Ahmet Armut macht einen Schritt zur Seite. Dante sieht mich an. Ich nicke und er startet den Motor wieder. Ahmet macht noch einen Schritt zur Seite. Die [redacted] Zigarre hängt vergessen in seinem Mundwinkel.

Wir tuckern los. Als wir ein gutes Stück vom Haus weg sind, gibt Dante Gas, und Mo zieht am See vorbei. Ich lege einen Arm um Lucky, der sich neben mich kuschelt und die Augen zumacht. Und dann schaue ich zurück zum Internat. Mit seinen Balkonen und Türmchen, seinen tausend Fenstern und seinen Adlerflügeln. Mit Frau Halbach, Alba, Louisa, mit Lilith, Frau Edmund-Horbarth und dem rappenden Herrn Laurenz. Mit seinen Geistern und Geheimnissen. Ich habe das Gefühl, als hätte ich dort etwas vergessen, als hätte ich etwas unerledigt gelassen. Als wäre mein erstes Bild von Saaks das richtige gewesen: von einem Haus, das in der Mitte zerrissen und von dem eine Hälfte weggebröselt ist. Nur ist es nichts [redacted] Äußerliches. Da wird es ja renoviert. Irgendwas stimmt nicht in Saaks und die [redacted] Lüge bröckelt. Man müsste nur ein bisschen weitergraben …

„Wie hast du das gemacht?“, ruft Dante von vorn.

„Erzähl ich dir, wenn wir zurückkommen“, brülle ich zurück. Es ist das erste Mal, dass ich Dante anlüge.

Lucky seufzt leise, dann schläft er ein.

„Da vorn geht der Wanderweg los!“, rufe ich.

Karan vor mir hört mich und zupft Dante am Ärmel, deutet auf den Wald. Dante nickt und hält darauf zu. Der Wanderweg ist sogar gekennzeichnet. Ein Holzpfeil mit einer Markierung und dem Wort Chriesfelden. Das ist die nächste Bahnstation auf dieser Seite des Berges. Da wollen wir nicht hin. Wir wollen nur an den Fuß der Saakser Spitze, zur ersten asphaltierten Straße. Dort warten Mattis und seine Schwester auf uns.

Auf der Wiese um den See war das Licht schon hellgrau, kurz vor Sonnenaufgang. Aber als wir in den Wald fahren, ist es [redacted] dunkel und Dante wird langsamer. Ich schalte die Taschenlampe ein und reiche sie

Karan. Er beleuchtet den Weg vor Dante und der gibt wieder mehr Gas. Es ist ruckelig hier und Lucky und ich werden rumgeschleudert. Er schläft trotzdem weiter.

Ich starre gedankenverloren in den Wald hinter mir und lasse mich von Mos Brummen einlullen. Fast schlafe ich selbst ein, als – [redacted]! Zwei leuchtende grüne Punkte schweben durch den Wald. Ich höre [redacted] nichts, dafür ist Mo zu laut. Aber da sind wieder welche, diesmal links von mir. Der Anhänger hüpft so heftig auf und ab, dass ich kein ruhiges Bild bekomme, aber da sind überall leuchtende Punkte im dunklen Wald. Die Punkte sind immer zu zweit auf gleicher Höhe und mit einem kleinen Abstand dazwischen. [redacted] Augenabstand, klar.

Ich sage erst mal nichts, will die anderen nicht beunruhigen. Es dauert zehn Minuten, bis ich den ersten Wolf sehe. Er läuft neben dem Rasenmäher her, keine fünf Meter von uns. Das Vieh ist nicht riesig, aber auf jeden Fall so groß wie Speck. So Wachhundgröße.

Also betrachte ich das x. Ich sehe uns durch die Augen der Wölfe. Mir fällt der Gondelführer ein. Er hat gesagt,

die Wölfe würden warten, bis einer allein durch den Wald schleicht, nachts. Die [redacted] Wölfe, die sehen nur Mo, nicht vier Leute, kein Rudel. Ein fettes Vieh, das durch den Wald tuckert und das sie jagen können, als Rudel.

„Was meinst du, wie viele Wölfe da kommen, wenn dauernd einer pfeift?“, hat der Gondelführer gesagt. Na klar! Die Guides, die pfeifen.

Ich bette Lucky auf meinen Rucksack, knie mich in den Anhänger, den Rücken zu Karan und Dante, stecke die Zeigefinger in den Mund – und pfeife. Nichts. Kein [redacted] Ton kommt raus. Ich puste weiter. Null.

Zu meiner Rechten laufen drei Wölfe aus dem Dickicht und auf den Wanderweg hinter uns. Da sind noch gut zwanzig Meter zwischen ihnen und uns, und sie laufen im gleichen Tempo, in dem wir fahren. Ist aber auch klar, dass die deutlich schneller könnten. Und wir [redacted] nicht. Ich puste weiter, etwas angestrengter schon. Da ertönt plötzlich ein Pfiff, der so markerschütternd laut ist,

dass garantiert jeder [redacted] Zug im Umkreis von zwanzig Kilometern stehen bleibt und jedes Fußballspiel in Saaks und Umgebung augenblicklich zum Stillstand kommt. Lucky fährt ruckartig aus dem Schlaf hoch. Ich drehe mich halb um. Karan sitzt verkehrt im Sattel, den Blick nach hinten gerichtet, auf die [redacted] Wölfe, zwei Finger im Mund – und pfeift wieder. Es wäre [redacted] cool, wenn ihm nicht dicke Tränen aus den vor Angst geweiteten Augen laufen würden.

Ich fahre herum: Die [redacted] Wölfe zucken und werden langsamer. Neben mir kniet sich Lucky in den Anhänger, schiebt zwei Finger in der Mund und pfeift. Nicht ganz so laut wie Karan, weil sein Brustkorb nur halb so groß ist, aber laut genug. Er wirft mir einen Seitenblick zu. Ich habe immer noch zwei Zeigefinger im Mund. Lucky sieht mich an, schüttelt den Kopf und zeigt mir, wie er es macht: Daumen und Zeigefinger einer Hand bilden ein Dreieck, mit dem er die Zungenspitze hochdrückt. Anders, als Noah es mir gezeigt hat. Ich mache es wie Lucky, puste: [redacted] nichts. Beim fünften oder sechsten Versuch klappt es endlich.

Und dann pfeifen wir alle drei. Die Wölfe hinter uns bleiben irgendwann stehen, die Ohren zucken bei jedem Pfiff. Und dann biegt Dante um eine Ecke und sie sind verschwunden.

Trotzdem schläft keiner von uns auf dem restlichen Weg durch den Wald. Wir starren in den langsam heller werdenden Wald und suchen nach leuchtenden Augen. Erst als Dante unter den letzten Bäumen hervorfährt und wir den [redacted] Wald hinter uns lassen, entspanne ich mich. Jetzt könnte ich gut schlafen.

„Hier!", ruft Mattis, und irgendwo vor uns schaltet ein VW-Bus die Scheinwerfer ein und blendet uns. „Hierher!"

Dante hält auf ihn zu und stellt Mo ab. Die Stille erschlägt mich, als würde eine schwere Decke über uns fallen und ich wäre plötzlich [redacted] taub. Mattis läuft strahlend auf uns zu und hüpft fast auf und ab vor Freude. Hinter ihm steht ein Mädchen am VW-Bus. Sie sieht Mattis ähnlich. Auch sie hat rote Haare und braune Augen, ist sehr groß und sehr dünn. Sie steht neben dem Fahrersitz in der offenen Tür – und starrt Dante an, der ins Licht ihrer Scheinwerfer getaucht ist. Ich folge ihrem Blick und halte kurz den Atem an. Dante sitzt grinsend auf Mo, die Hände noch am Lenker – und sieht aus wie ein Held auf dem Schlachtfeld, das [redacted] Schwert noch in der Hand, nachdem er gerade eine Übermacht von Orks besiegt hat. Fehlt nur, dass ihm einer seine Krone bringt.

Stattdessen holt Mattis den Rollstuhl aus dem Anhänger und klappt ihn auf. Dante schwingt sich vom Sattel und lässt sich in den Sportstuhl gleiten. Lucky und ich klettern mit steifen Beinen aus dem Anhänger. Mir tut der [redacted] Hintern weh. Ich seh garantiert nicht heldenhaft aus.

„Sagt mal“, wendet sich Dante an uns, die Stirn ohne Krone gerunzelt. „Was sollte denn der [redacted] mit dem Gepfeife? Ich hab gedacht, mir fallen die Ohren ab.“

Lucky lacht. Erst so ein bisschen, dann richtig. Und ich lache auch. Und dann lacht Karan. Keiner von uns kann was sagen. Mattis verdreht die Augen, Dante runzelt noch mehr die Stirn und Mattis’ Schwester drückt leicht auf die [redacted] Hupe, um uns daran zu erinnern, dass sie auch noch da ist. Endlich schnappe ich nach Luft und halte Karan die Hand hin. Er drückt sie verlegen und ohne mir in die Augen zu schauen.

„Danke“, sage ich. „Dass du uns das Leben gerettet hast.“

„Hä?“, macht Mattis.

„Das erzählt er euch bestimmt später“, sage ich und freue mich riesig, als Karan wieder lacht.

THE FINAL DESTROYER

Die Sache ist die: Ich will ja nichts sagen und ich sag auch nichts, aber Mattis' Schwester Mirjam fährt mit dem VW-Bus langsamer als Dante mit dem [redacted] Rasentraktor. Und nicht halb so sicher.

Das kann auch daran liegen, dass Dante vorne neben ihr sitzt und sie ihm immer wieder Seitenblicke zuwirft. Als die Sonne aufgeht und seine Haare leuchten wie ein Weizenfeld mit Goldfäden, lenkt sie beinahe in den Straßengraben.

„Miri!", ruft Mattis genervt. „Ist ja echt super, dass du das für uns machst, und ich bin dir auch mega [redacted] dankbar für den Rest unseres [redacted] Lebens, aber kannst du zur Abwechslung bitte auch mal auf die [redacted] Straße gucken, bitte?"

Ich würde am liebsten applaudieren. Wenn er's nicht gesagt hätte, hätte ich's gesagt. Mirjam läuft sofort knallrot an. Interessant. Das würde Mattis bestimmt auch, wenn ihm was [redacted] peinlich wäre. Schade, dass ich heute abhaue, sonst würde ich versuchen, was zu finden, damit er rot wird.

„Da!“, ruft Lucky. „Da, da!“

Wir gucken alle auf die Straßenseite, auf die er deutet. Tatsächlich, da steht das Schild: Magic Place Park, zwanzig Kilometer.

Wir brüllen und johlen und klatschen, sogar Karan. Danach beobachte ich ihn aus den Augenwinkeln. Er sitzt ganz außen auf der Bank neben mir und schaut aus dem Fenster. Und nach dem Gejohle wird er plötzlich nachdenklich. Was auch immer er denkt, er hat nicht viel Zeit dafür. Es ist acht Uhr morgens, als wir auf den Parkplatz des Magic Place Parks einbiegen. Keine große Überraschung: Hier ist nicht viel los.

„Wann machen die auf?“, fragt Mirjam.

„Um neun“, sagt Mattis.

„Und was machen wir bis dahin?“, frage ich.

„Frühstücken“, erklärt Dante und schiebt die Bustür auf.

Vor den Eingangstoren gibt es eine Imbissbude, an der Dante, Mattis, Karan und ich Kaffee trinken und Mirjam und Lucky Tee. Dante bestellt für alle Würstchen – und ich muss an Noah denken an dem [redacted] Imbissstand im [redacted] Tiergarten, total ohne Plan.

„Enni?“

Dantes Stimme schlägt die Noah-Tür zu. Er reicht mir ein Paar Wiener Würstchen.

„Ich will einen Schokoriegel“, kräht Lucky.

„Nein“, sage ich schnell.

„Gummibärchen.“

„Nein.“

Er seufzt. „Okay, dann nur Zuckerwatte.“

„Du hast Diätis“, sage ich.

„Heißt das nicht Diabetes?“, fragt Mirjam.

Lucky grinst sie mit seiner Zahnlücke an, und wir sagen es im Chor: „Ist dasselbe.“

Und dann ertönt plötzlich Musik. Diese typische Rummelplatz-Spieluhr-Musik – und das riesige gusseiserne Tor öffnet sich langsam. Dahinter rückt ein Dutzend Parkmitarbeiter in rot-grün gestreiften Uniformen an. Gleich geht's los. Ich spüre, wie mein Herz schneller schlägt und es in meinen Ohren rauscht. Karan scheint es ähnlich zu gehen. Er würgt.

Wir verputzen unsere Würstchen und dann gehen wir zum Kassenhäuschen. Plötzlich wird mir klar, dass wir auch noch Eintritt bezahlen müssen. Ich überlege, ob ich das Geld ankratzen muss, das mir Ahmet Armut gegeben hat. Kinder und Jugendliche bis achtzehn Jahre: fünfunddreizig Euro, Erwachsene fünfundfünfzig!

„Fünf Kinder, eine Erwachsene", sagt Mattis.

Die Frau am Kassenhäuschen zückt die Tickets und Karan reicht ihr drei [redacted] Hunderteuroscheine. Ich bin so [redacted] überrascht, dass meine Kopfhaut kribbelt und juckt. Aber eigentlich hätte ich es mir denken können. Nur zwei Schüler in Saaks haben ein Stipendium. Bei allen anderen zahlen die Eltern dreitausendachthundert Euro Schulgeld. Ist doch klar, dass die ihren Kindern auch [redacted] Taschengeld geben.

Gleichzeitig frage ich mich, was Karans Eltern wohl machen. Beruflich, mein ich. Sind sie reiche Mongolenfürsten? Karan reicht mir meine Eintrittskarte. Dabei sehe ich, dass seine Hand zittert.

Wie aufs Stichwort hören wir ein vielstimmiges Kreischen. Wir drehen gleichzeitig den Kopf in die Richtung und gehen langsam darauf zu. Da sehen wir sie zum ersten Mal in echt: die Achterbahn. Nur die oberste Schiene, aber die ragt über alle anderen Attraktionen hinaus. Und da fahren gerade die Waggons entlang. Die Sitze scheinen zwar einzeln zu sein, aber doch zusammenzuhängen. Sie hängen an den Schienen wie auf dem Video im Internet. Und die Beine der Menschen darin baumeln in den Kurven nach außen. Die Sitze überschlagen sich und stehen dann plötzlich auf dem [redacted] Kopf. Das war nicht auf dem Video. Karan kotzt in einen Mülleimer.

Jetzt begreif ich's. Die ganze Sache mit der gigantischen Achterbahn, die so gar nicht zu Karan passt. Er hat überhaupt keinen Spaß daran. Er hat Todesangst vor dem [redacted]teil. Und genau deshalb will er damit fahren.

„The Final Destroyer", flüstert Mattis ehrfürchtig.

„Da wollt ihr drauf?", fragt Mirjam ungläubig. „Seid ihr komplett irre?"

Dante sieht Karan fragend an, aber der hängt halb im Mülleimer.

„Ich sicher nicht", sage ich.

Lucky nimmt meine Hand und sieht mich treuherzig an. „Ich will da nicht drauf", sagt er. Er deutet auf eine Attraktion mit Seerosenblättern, die sich im Kreis drehen. „Ich will das da."

„Einverstanden", sage ich.

„Ach, kommt", sagt Mattis. „Wenn man drinsitzt, ist es bestimmt halb so wild, wie's von unten aussieht."

Okay,

Mattis bekommt definitiv Punkte für den [redacted] Versuch. Aber ich glaube, dem Rest von uns ist in dem Moment klar, dass da keiner freiwillig drauf will. Zumindest keiner von uns. Die anderen Parkbesucher scheinen magisch angezogen zu werden vom Final Destroyer.

Worauf mich das Video nicht vorbereitet hat, das ist, wie [redacted] groß das [redacted] Teil ist. Ich mein, das ist echt [redacted] wolkenkratzerhoch.

Und trotzdem gibt es schon eine Schlange davor, als wir ankommen. Bei den kreisenden Seerosen weiter hinten steht keiner an.

„Ich kann da echt nicht hingucken", sagt Mirjam. „Ich geh 'ne Cola trinken. Sagt Bescheid, wenn ihr fertig seid."

„Ich komm mit!", ruft Lucky, lässt meine Hand los und läuft hinter Mirjam her.

„Da waren's nur noch vier", sagt Mattis.

„Drei", sagt Dante trocken und deutet auf ein Schild vor der Schlange.

Darauf steht, wer alles nicht mitfahren darf: Kinder unter einem Meter dreißig, Personen mit großem Körperumfang, alkoholisierte Personen, Schwangere, Personen mit Herz-, Rücken- und ähnlichen Gesundheitsbeschwerden und Personen, die körperlich behindert sind.

[redacted]! [redacted] [redacted]!

Karan setzt sich auf den Boden, kreidebleich im Gesicht. Er nimmt den Kopf in die großen Hände und presst von beiden Seiten, als wollte er seinen Schädel zerdrücken. Dante sieht ihn besorgt an und Mattis kniet sich sofort neben ihn.

„Hey, Mann, das ist echt [redacted], ich weiß, aber dann guckt Dante halt von hier aus zu. Ich fahr mit dir, okay?"

Karan brummt. Ein unangenehmes Geräusch, als wäre irgendwas in ihm angesprungen, was nicht da sein sollte.

Mattis sieht auf und mich an, bittend. „Und Enni fährt auch mit, richtig?"

[redacted]! [redacted] [redacted]!

„Na klar", sage ich.

Karan brummt weiter. Ich beuge mich zu Dante, während Mattis weiter auf Karan einredet.

„Willst du mit dem Teil fahren? Wirklich?"

„Nein", sagt Dante genauso leise. „Ich bin doch nicht komplett bescheuert. Aber er wünscht es sich so. Ich kapier nicht, warum. Sonst hat er vor allem und jedem Angst und bei diesem verdammten Horrortrip …"

Ich sehe ihn ungläubig an. Kann es sein? Kann es wirklich sein, dass er es nicht sieht? Dass sein Scanner diesmal nicht funktioniert?

Als ich das erste Mal in ein Heim gekommen bin, da war ich acht. Ich war immer klein und dünn. Also haben mir die Älteren den Nachtisch weggefressen. Die waren fünf. Drei waren jünger als ich und noch kleiner. Eine war elf und ziemlich fett. Und der Anführer war einen Kopf größer als ich und sehr fett. Klar, er hat ja jedem den [redacted] Nachtisch weggefressen. Am ersten Abend haben sie mich abgezogen, am zweiten genauso. Am dritten hab ich schon gemerkt, wie sie mich anglotzen beim Abendessen, grinsend. Weil meine Angst vor ihnen hat denen noch besser geschmeckt als mein Nachtisch. Die wussten ja nicht, dass ich einen Plan hatte.

Sobald sie auf mich zugekommen sind nach dem Essen, bin ich aufgestanden und auf meinen Stuhl geklettert. Immer drauf achten, dass du ein Publikum hast, bevor du 'ne [redacted] Show abziehst!

Sie haben kurz gezögert, dann sind sie trotzdem gekommen, klar, wollten ja mein Eis, die [redacted]! Und als sie vor mir standen – das Rauschen war schon laut in meinen Ohren und ich hab sie in Tiefrot gesehen – , da bin ich losgesprungen.

Klar kannst du nicht fünf auf einmal verprügeln. Also hab ich mir einen rausgepickt. Den Anführer. Er hat mir einmal in den Magen geboxt, ich ihm zweimal ins Gesicht. Hab ihn auch gebissen, aber das hab ich erst nachher gehört, das hab ich kaum mitgekriegt. Ich weiß nicht, ob ich gewonnen habe, also den Kampf an sich. Aber gewonnen hab ich, [redacted] [redacted]! Keiner hat mir je wieder meinen Nachtisch weggenommen. Weil keiner legt sich mit ’nem Psycho an. Nicht wegen einem [redacted] Eis, nicht wegen [redacted] Pudding. Haben alle mitgekriegt, dass Psycho-Enni den härtesten [redacted] im Heim anspringt, wenn’s sein muss. Und wenn du bereit bist, gegen den zu kämpfen – dann brauchen’s die anderen gar nicht mehr zu versuchen. Darum weiß ich, worum es Karan geht.

„Genau deshalb will er’s machen“, sage ich leise zu Dante. „Weil es nichts auf der Welt gibt, wovor er mehr Angst hat. Wenn er das hier heute macht, dann ist alles andere ein Klacks. Dann braucht er keine Angst mehr zu haben.“

Dante starrt mich an. Jetzt kapiert er’s. Er nickt. Dann lächelt er traurig.

„Die lassen mich trotzdem nicht mitfahren.“ Er klopft auf den Rollstuhl. „Nicht mal mit dem Sportsessel.“

„Lass mich mal machen“, sage ich.

„Wie denn?“, fragt er leise.

„Ich bin gut mit Plänen“, sage ich und werde mit dem schönsten Lächeln belohnt, bei dem alle Zähne zu sehen sind und die grauen Felsenaugen strahlen.

Ich ziehe die Mütze von meinem Kopf und setze sie Dante auf, stopfe seine goldenen Strähnen darunter, bis sie nicht mehr zu sehen sind. Dabei starrt er mich an. Meine

Haare. Er sieht, dass sie braun sind. Dasselbe Braun, das auch die Halbach hat. Und ihre Tochter Alba.

Dante streckt eine Hand aus und greift nach einer Strähne. Unsere Augen treffen sich, und ich sehe, dass er versteht, was es bedeutet. Das Strahlen ist weg. Er sieht traurig und enttäuscht aus. Er atmet tief ein und nickt, akzeptiert meine Entscheidung. Er weiß jetzt, dass ich nicht mehr mit zurückkomme. Ich drehe mich um und laufe zum Einlass.

„Hey!“, sage ich zu dem Mädchen in der rot-grünen Uniform. „Wir brauchen Hilfe beim Einsteigen. Mein Kumpel ist heute ein bisschen schwach auf den Beinen.“

Das Mädchen lächelt freundlich und kommt zu mir. „Wo seid ihr denn?“, fragt sie.

Ich deute auf Dante, der immer noch nachdenklich und traurig aussieht. Was mir gerade ganz gut passt. Sie starrt ihn an, wird unsicher.

„Ähm … also, habt ihr das Schild dahinten nicht gelesen?“, fragt sie mich zögernd. „Hm … also, wir dürfen leider keine … Personen mit Behinderung mitnehmen, weißt du? Das ist so ’ne Versicherungssache. Tut mir auch echt leid. Aber bei dem Teil gibt’s so Druck auf die Wirbelsäule und –“

„Ja, ja, schon klar“, unterbreche ich sie. „Aber Dante ist nicht behindert.“

Sie guckt noch mal hin, sieht den Rollstuhl an, dann mich, zweifelnd. „Aber … dein Freund sitzt im Rollstuhl."

„Ja, weil er schwach auf den Beinen ist", sage ich, völlig entrüstet, dass sie so unsensibel sein kann. Always know you're right, love. „Er ist todkrank, Krebs." Klar komm ich in die [redacted] Hölle. „Der Ausflug heute war sein letzter Wunsch, aber unser Betreuer will nicht mit dem Teil fahren. Er hat gesagt, wenn, dann müssen wir allein fahren. Er wartet dahinten." Ich deute auf einen dicken Mann, der Nachos mampft und den Leuten auf der Achterbahn zuguckt, und winke ihm zu. Deute auch an meine Lippen, um ihm zu zeigen, dass er sich Käsesoße rund ums Maul geschmiert hat. Er sieht mich, fasst schnell nach der Serviette und wischt sich ab. Nickt mir dann dankbar zu und hebt kurz eine Hand.

„Ah", sagt die Mitarbeiterin. Sie sieht Dante an, und ich kann förmlich hören, wie ihr Herz bricht. „Wie [redacted]! Er ist so …"

„Im Stehen noch viel mehr", sage ich. „Das Leben ist nicht fair."

Sie schluckt mit Tränen in den Augen und nickt dann energisch. „Wir kriegen das hin", verspricht sie mir und nimmt kurz meine Hand, drückt sie. „Ich hol schnell einen Kollegen."

Ich gehe zurück zu den anderen. Karan hockt immer

noch auf dem Boden, blickt auf, brummt aber immer noch. Mattis und Dante sehen mich fragend an.

„Dante ist todkrank, die Fahrt mit dem Final Destroyer ist sein letzter [redacted] Wunsch, alles klar?“

Karan schluckt und hört auf zu brummen. Dante sieht mich ungläubig an. Mattis lacht auf. „Tja, schade, dass du abtreten musst, Mann“, sagt er zu Dante und steht auf. „Life Saaks.“ Dann hält er Karan die Hand hin und hilft ihm hoch.

Da kommen auch schon die Mitarbeiterin und ihr Kollege. Sie heben das Absperrband an der Seite der Schlange hoch und winken uns drunter durch.

„Ihr braucht nicht zu warten“, sagt sie. „Für euch geht's gleich los.“

Karan würgt. Dante lächelt die Mitarbeiterin schwach an und lässt sich sogar von ihr schieben. Karan geht neben ihr, und Mattis und ich folgen.

„Life Saaks?“, frage ich ihn leise. „Du weißt, dass man das S-U-C-K-S schreibt, oder?“

Er grinst schief. „Vielleicht in deiner [redacted] perfekten kleinen Welt, Enni Alser“, sagt er.

Und dann sagen wir gar nichts mehr, als sie uns in die Sitze helfen und die Bügel und Gurte befestigen. Dante bekommt noch zwei Extrakissen. Eins in den Rücken und eins unter die Oberschenkel. Ich habe das Gefühl, ich müsste pinkeln, dabei war ich vor einer Stunde auf der Toilette hinter der Imbissbude. Meine Kopfhaut kribbelt wie verrückt und in meinen Ohren rauscht es.

Ich sitze zwischen Dante und Karan. Als die [redacted] Lichter anfangen zu blinken und es laut piepst, nehme ich mit der Linken Karans Hand und mit der Rechten Dantes.

„Letzte Weisheiten?“, flüstere ich Dante ins Ohr.

„Hakuna Matata“, sagt Dante.

„Was heißt das?“, frage ich nach.

Doch in dem Moment setzen wir uns in Bewegung. Wir fahren ganz langsam vorwärts und ich sehe schon die erste Steigung vor mir. Plötzlich halten wir an. Ich sehe mich um. Gibt es eine Störung? Eine [redacted] Störung an der [redacted] Todesmaschine, in der wir sitzen?

Gerade will ich etwas zu Dante sagen – da schießen wir auch schon nach hinten. Dahin, wo keine Schienen sind. Wir schießen rückwärts wie die [redacted] Kugel im [redacted] Flipperautomaten, stoßen dort gegen eine Art Feder und werden wieder nach vorne geschleudert – und diesmal mit dem zehnfachen Tempo. Mein Kopf fliegt nach vorn, wird dann wieder nach hinten gepresst, und ich frage mich, was zum [redacted] Teufel mich geritten hat, Dante in dieses [redacted] Teil zu tricksen! Ich mein, gut möglich, dass ich danach nicht mehr laufen kann. Was, wenn er die Arme nicht mehr bewegen kann? [redacted] [redacted]! Warum hab ich darüber nicht früher nachgedacht? Wir fahren aufwärts und werden langsamer, aber das Rauschen wird nicht leiser. Ich weiß ja, was das bedeutet. Gleich geht es bergaaaaaaaaaaaaaaaab.

Ich höre auf zu denken. Ich sehe plötzlich die komplette Achterbahn unter mir, als der [redacted] Sitz auf dem Kopf steht, werde zur Seite und nach unten, dann zur anderen und nach oben gedrückt, immer in einem Tempo, das mir die Luft ins Gesicht gepresst wird und ich sie bei all dem Druck kaum einatmen kann. Wieder werden wir langsamer und fahren in eine Art Aufzug. Jetzt teilen sich die Sitze und hängen auf einmal nicht mehr neben-, sondern übereinander.

Oh [redacted]! Der Free Fall.

Ich sitze nur noch neben Dante, Karan ist über uns. Wir fahren in dem Tunnel nach oben. Dann geht unten offenbar die Tür zu, es wird stockdunkel. Mein Herz rast, das [redacted] Meer rauscht in meinen Ohren. Ich umklammere Dantes Hand und warte auf den Fall. Obwohl ich weiß, was kommt, schreie ich, als es passiert: Wir stürzen in die Tiefe. Ich sehe das Gerüst in Saaks vor mir, Dante, der daran hängt, der abstürzt und auf den Steinplatten landet. Ich sehe den Balkon, von dem ich gekotzt habe, sehe die Saakser Spitze, die Berge dahinter. Und falle. Und falle. Mein Schrei mischt sich mit denen der anderen

im dunklen Tunnel, die wie ich auf den [redacted] Aufprall warten, den Isaac Newton vorhergesagt hat. Und dann ist es vorbei. Wir sind unmerklich langsamer geworden und landen wie eine Feder. Es wird wieder hell, wir fahren bergauf. Und das Rauschen wird leiser. Leise genug, dass ich das Geräusch neben mir höre: Lachen.

Ich drehe den Kopf und sehe Dante an. Er hat meine Mütze verloren und seine blonden Haare fliegen im Fahrtwind. Sein Kopf ist in den Sitz gedrückt und er lacht aus ganzem Herzen, absolut glückselig. Als er merkt, dass ich ihn ansehe, nimmt er meine Hand und führt sie an seinen Mund, drückt sie fest gegen seine Lippen.

„Danke, Enni", ruft er.

Ich grinse zurück. Weil, auch wenn die Naturgesetze von Newton für Dante Dahlem nicht gelten – für mich gelten sie schon. Und eins davon besagt, dass ich zurückgrinsen muss, wenn er mich anlächelt. Außerdem fliegt der komische Vogel in meiner Brust auf und fängt an zu singen. Aber das liegt hundert[redacted]pro nur daran, dass wir jetzt wieder im Looping nach unten schießen. Und das war's.

Der Final Destroyer hält an, es fiept von allen Seiten und die Bügel klappen nach oben. Die Mitarbeiterin kommt wieder mit ihrem Kollegen und hilft Dante in seinen Rollstuhl. Ich drehe den Kopf und sehe Karan an. Unsere Blicke treffen sich. Er wendet sich nicht ab, nickt nur kurz, drückt meine Hand – und steigt aus. Ich versuche es auch, aber meine Knie sind zu schwach. Mattis einen Sitz weiter hat dasselbe Problem. Es ist uns [redacted] peinlich. Er sieht, dass ich ihn ansehe, und zieht eine Grimasse. Ich lache und mache dasselbe.

Mit wackeligen Beinen folgen wir Dante und Karan. Hinter uns spritzen Mitarbeiter mit einem Schlauch die Sitze ab.

„Hat jemand gekotzt?“, frage ich im Vorbeigehen.

„Nicht nur“, sagt der Mann. Er zuckt die Schultern. „Passiert mindestens einmal bei jeder Fahrt.“

Ich nicke. Das [redacted] Ding heißt nicht umsonst The Final Destroyer.

Die andere Mitarbeiterin umarmt Dante mit Tränen in den Augen und geht dann schnell weg. Ich grinse ihn schief an, aber er grinst nicht zurück. Karan steht neben ihm. Und dann stehen wir alle nebeneinander vor dem Final Destroyer, legen den Kopf in den Nacken und betrachten die Mordmaschine. Wir haben es getan. Wir haben es wirklich getan – und überlebt. Nach einer gefühlten Ewigkeit räuspert sich Dante. Seine Stimme ist wieder kühl, wie zuletzt auf der Bergspitze.

„Also“, wendet er sich an mich. „Willst du noch auf Lucky warten oder haust du gleich ab?“

Es ist mir [redacted] unangenehm. Karan sieht mich an. Mattis runzelt überrascht die Stirn.

„Du willst gehen?“, fragt er ungläubig. „Jetzt?“

Ich hole tief Luft durch die Nase, um das Rauschen unter Kontrolle zu halten. Dann nicke ich. Es fühlt sich nicht gut an. Gerade haben wir den Zerstörer überlebt und jetzt …

„Ich …“

„Wegen deinem Ex-Pflegebruder?“, fährt mir Mattis kalt über den Mund.

Dante runzelt die Stirn. „Mattis, nicht!“

Mattis schüttelt nur den Kopf. War immer klar, dass er zwar Treue geschworen hat, aber nicht jeden [redacted] Befehl befolgt.

„Dem Kerl, der dich dauernd in die [redacted] geritten hat?“

„Was? Was redest du denn da für eine [redacted] [redacted]?“, fahre ich ihn an.

„Dante hat mir von dem Typ erzählt“, sagt Mattis atemlos. „Hast du wegen dem nicht so'm [redacted] Fußballtypen das Auto demoliert? Und einen Hund gekillt oder so? Und dann das mit dem geklauten Schokoriegel? Wo du von den [redacted] Bullen geschnappt worden bist?“

„Halt dein [redacted] [redacted]!“

„Mattis, hör jetzt auf!“, zischt Dante.

„Was denn?“, fährt Mattis ihn an. „Du hast doch auch gesagt, dass der Typ ein Loser ist! Ich mein, echt jetzt – der lässt sie auflaufen und dann verpisst er sich. Was für'n Prinz!“

Das Rauschen ist so laut, dass es mir im Kopf wehtut. Ich versuche durch die Nase zu atmen, aber ich schaffe es nicht mehr. Meine Kopfhaut kribbelt. Alles ist rot.

„Du … du hast ihm das erzählt?“, presse ich hervor und sehe Dante an.

Er wirkt schuldbewusst. Aber er nickt.

„Ich hab dir das im Vertrauen gesagt“, sage ich erstickt. „Nur dir. Ich hab dir gesagt … Noah ist mein Bruder!“ Ich spüre, dass Tränen über meine Wange rollen. Zu viel Druck. Kein Ventil.

Dante sieht mich bedauernd an. „Und wo ist er?“, fragt er leise. „Wo ist Noah, wenn er dein Bruder ist? Warum musst du ihn suchen? Warum lässt er nicht alles liegen und stehen, um dich zu finden? Ich würde mir den [redacted] aufreißen, wenn du meine Schwester wärst. Wenn sie dich mir wegnehmen würden. Ich würde … ich würde das machen, was du machst!“ Er bricht ab. „Und Noah? Warum hat er nicht allen gesagt, dass es seine Schuld war? Das mit dem geklauten Riegel, das mit dem Dosenschnee, das mit dem Hund, das mit dem Geschmiere an der Wand?“

„Weil … weil … Ich hab ihn nicht gelassen!“, brülle ich. „Ich wollte das nicht! Warum soll er auch Ärger kriegen?“

„Warum sollst du Ärger kriegen?“, fragt Mattis, als wär ich komplett irre. „Ich mein, echt jetzt. Wenn einer [redacted] baut, dann soll er [redacted] noch mal auch dafür geradestehen!“

„Das kann dir doch [redacted]egal sein!“, fauche ich ihn an. „Du hasst mich. Du willst doch eh, dass ich verschwinde.“

Mattis sagt nichts. Er schüttelt nur den Kopf.

„Ich nicht“, sagt Dante.

Und Karan macht einen Schritt auf mich zu, sieht mich an und schüttelt den Kopf. Er auch nicht.

„[redacted]!“, ruft Mattis. „Bullen.“

Ich folge seinem Blick: vier [redacted] Polizisten in

Uniform. Sie sehen sich nicht suchend um. Sie haben schon im Visier, was sie suchen: uns!

„Lauf, Enni“, sagt Dante ruhig.

Mattis sieht mich an. „Wenn du abhauen willst, dann jetzt.“

Karan sieht die Polizei an, dann mich, dann nickt er.

Ich atme tief ein – und renne los.

LUCKY

Ich sehe schon von Weitem, dass sie an den Ausgangstoren auch zwei Polizisten aufgestellt haben. Auf dem Parkplatz stehen zwei an Mirjams VW-Bus. Das versetzt mir einen Stich. Sie ist achtzehn. Sie wird richtig Ärger kriegen.

Ich warte, bis eine Familie mit vier Kindern vorbeigeht. Zwei Jungs trödeln ein bisschen hinterher. Der eine ist hundertpro der Kumpel des anderen. Sie sind sehr zufrieden mit sich. Offenbar durften sie überall drauf, wo sie rauf wollten. Ich schlendere hinter ihnen her.

„Hey", sage ich. „Wart ihr auf dem Final Destroyer?"

Die beiden werden langsamer, sehen mich misstrauisch an.

„Nee", sagt der eine. „Darf man erst, wenn man über einen Meter dreißig ist."

Ich nicke. „Ich war drauf. Da habt ihr echt was verpasst."

„Was denn?“, fragt der andere.

Also erzähl ich ihnen von der Fahrt und von dem Free Fall in the Dark, und als wir aus den Toren spazieren, geht einer der beiden links von mir und einer rechts, die Eltern mit den drei Mädchen vor uns. Die Polizisten gucken überhaupt nicht hin. Die suchen ja nach fünf Kindern aus dem Saakser Internat, nicht nach einer Familie. Bei einem knackst das Funkgerät, als wir vorbeigehen.

Er sagt gerade zur Mitarbeiterin an der Kasse: „... mit blauen Haaren. So was müsste Ihnen doch auffallen.“

Sie schüttelt bedauernd den Kopf und gibt ihm Fotos zurück. „Tut mir leid“, sagt sie. „Da war nur der Junge mit dem grünen Irokesen.“

„[redacted]“, sagt der Polizist.

Da knackst es wieder und er spricht rein. „Ja?“

Ich erzähle immer noch vom Final Destroyer, deshalb verstehe ich es nur undeutlich, aber aus dem Funkgerät kommt eine Stimme, irgendwas mit: „... den Jungen im Rollstuhl, den Riesen, den Rothaarigen und ...“

Und. Und ist wohl Lucky. Sie haben also alle.

Ich versuche, mir keine Sorgen zu machen. Was soll schon passieren? Die werden sie zurück ins Internat bringen. Wahrscheinlich kriegen sie zusätzliche [redacted] Arbeitsstunden aufgebrummt. Nicht das Ende der [redacted] Welt. Ein bisschen enttäuscht bin ich von Lilith. Ich hatte das Gefühl, dass sie es ernst meinte, als sie versprochen hat, uns den Rücken zu decken. Aber offenbar hat sie uns verpetzt. Selber schuld. Ich wusste doch, dass sie eine geniale Lügnerin ist. Und dafür hab ich ihr mein Apfel-Handy gegeben.

„Ich will auch damit fahren", sagt der eine Junge ehrfürchtig, als ich fertig bin, die Fahrt mit dem [redacted] Final Destroyer zu beschreiben.

Der andere dreht sich um, sieht den obersten Looping und wird etwas grün um die Nase. Kluger Junge!

Als wir beim Kleinbus der Familie ankommen, gehe ich schnurgerade weiter. Ich folge jetzt einer anderen Gruppe, die ganz offenbar nicht mit dem Auto hier ist. Jede Wette, dass die zum Bahnhof gehen.

Auf der Karte habe ich gesehen, dass es fast ein Kilometer zu Fuß ist, und ich lasse mir Zeit. Ich will nicht, dass einer denkt, ich wäre auf der Flucht. Ist das Dümmste, was dir passieren kann, wenn du auf der Flucht bist.

Ich atme dabei die ganze Zeit durch die Nase, um das [redacted] Rauschen in Schach zu halten. Als wir am Bahnhof ankommen, sehe ich mich sofort nach Polizei um, sehe aber niemanden. Selbst wenn sie mich suchen, dann suchen sie ein Mädchen mit blauen Haaren. Aber da ist keine Polizei. Zumindest niemand in Uniform.

Ich werfe einen Blick auf die Anzeigentafel. Der nächste Zug über Freiburg geht in einer halben Stunde. [redacted] gutes Timing! Das Ticket kaufe ich am Automaten. Zum ersten Mal zähle ich das Geld, das mir Ahmet Armut gegeben hat: hundertzwanzig Euro. Plus die hundert von den Haagens. Das reicht locker für die Fahrt nach Freiburg, für die Busfahrt nach Basel und für die Taxifahrt zur neuen Wohnung der Haagens. Danach ist noch genug übrig. Alles gut so weit.

Ich kaufe mir an einer Bude noch eine Cola – sie haben nur light – und setze mich auf eine Bank. Es kommt mir vor, als wäre es Jahre her, dass ich zuletzt mit der [redacted] Bahn gefahren bin. Das war mit dem Sozialheini, der mich nach Saaks gebracht hat.

Auf dem Gleis gegenüber fährt ein Zug ein und das Geräusch öffnet eine Tür in meinem Kopf. Meine Eltern und ich, als wir zusammen nach Frankfurt fahren. Ich bin sieben. Wir wollen zu einer Picasso-Ausstellung. Ich sage

immer Pikachu und kichere, wenn mein Vater mich korrigiert und dabei kitzelt, weil er weiß, dass ich es absichtlich falsch sage.

Wir stehen vor der Tafel mit dem Wagenstandanzeiger, und meine Mama zeigt mir, wie man darauf seine eigenen Plätze findet und vorher weiß, wo der Zug zum Stehen kommen wird.

Das Rauschen wird wieder lauter. Ich stemme mich gegen die Tür, hinter der die Erinnerungen an meine Eltern sind, als würde das Meer dagegendrängen. Warum jetzt? Warum will ich jetzt zu ihnen, wo alles gut wird, wo ich auf dem Weg zu Noah bin, zu meinem Bruder?

„Und wo ist er?", fragt Dante in meinem Kopf. „Wo ist Noah, wenn er dein Bruder ist? Warum musst du ihn suchen? Warum lässt er nicht alles liegen und stehen, um dich zu finden? Ich würde mir den [redacted] aufreißen, wenn du meine Schwester wärst. Wenn sie dich mir wegnehmen würden. Ich würde … ich würde das machen, was du machst!"

Das Rot fließt über meine Wangen ab. Ich wische es weg, bevor es auf Noahs Hemd tropfen kann. Was macht er? Wo ist er? Warum hat er nicht versucht, mich zu finden? Er hätte doch bestimmt rausfinden können, dass ich im Saakser Internat gelandet bin. Er hätte doch dort anrufen können, oder? Die [redacted] Nummer steht im Internet, hat die Halbach gesagt. Hat er versucht mich zu finden? Ich muss würgen. Noah. Wenn ich ihn nur sehen könnte. Ganz kurz das Wolfslachen sehen könnte. Dann würde ich aufhören zu zweifeln. Hundertpro.

[redacted] Dante! [redacted] Mattis! Die können mich mal! Was wissen die schon? Die kennen Noah überhaupt nicht. Die wissen nicht, wie es war, vor Noah. Sie wissen nicht, dass alles [redacted] war. Nichts wissen sie!

Neben mir plumpst jemand auf die Bank. Ich bin so erschrocken, dass ich aufspringe. Es ist Lucky. Er ist vollkommen außer Atem und nass geschwitzt.

„Enni“, keucht er. „Enni.“

Ich sehe mich um. Das hilft null beim Keine-Aufmerksamkeit-auf-mich-Ziehen. Ich setze mich schnell wieder neben ihn. [redacted].

„Lucky“, sage ich sanft. „Du solltest nicht hier sein. Warum bist du nicht bei den anderen geblieben? Dir kann gar nichts passieren, weißt du? Die bringen euch nur zurück ins Internat. Vielleicht kriegt ihr Strafstunden, aber das war's.“

„Nein.“ Er keucht und schnappt nach Atem. „Nein, Enni – die … die Halbach hat die Polizei gerufen. Wegen dem Einbruch. Die hat …“

Ich gebe ihm meine Cola light und er trinkt gierig, verschluckt sich und hustet. Ich klopfe ihm auf den Rücken.

Sein T-Shirt ist klatschnass. Kalter Schweiß läuft ihm übers Gesicht.

„Die Halbach hat den Einbruch in ihre Wohnung angezeigt. Hat der Polizei gesagt, dass wer durchs Fenster eingebrochen ist, und es … es fehlen Dokumente."

Ich schlucke. Meine Kopfhaut kribbelt.

„Weiß sie, wer's war?", frage ich ihn.

„Nein, aber –" Er schielt auf meinen Hals. „Sie weiß, dass es ein Schüler war. Weil sie hat einen BlueChip gefunden, hinter der Kommode in ihrem Wohnzimmer."

Ich fasse nach dem Band um meinen Hals. Es ist nicht da. Natürlich nicht. Ich erinnere mich, wie ich hinter der Kommode vorgerobbt und damit hängen geblieben bin. Da hab ich es also verloren. Seitdem hab ich den BlueChip nicht mehr gebraucht.

[redacted]! [redacted]! [redacted]!

„Dann weiß sie, dass ich es war", sage ich.

„Nein", sagt Lucky. „Die wissen nicht, wer's war. Aber dann ist rausgekommen, dass wir fehlen. Also vier Internatsschüler. Weil heute ist ja frei, und Mattis hat gesagt, er ist mit seiner Schwester unterwegs. Aber jetzt sagt die Halbach, dass die uns entführt hat. Also die Mirjam. Und wenn du nicht wieder auftauchst …"

Ein [redacted] Bus parkt auf meiner Brust. Ich kriege keine Luft mehr. Was soll ich jetzt machen? Ich kenn diese

Mirjam doch gar nicht. Ich mein, ich will nicht, dass sie wegen mir Ärger kriegt, aber ich muss zu Noah.

„Woher weißt du das denn alles?“, frage ich ihn.

„Ich hab’s gehört. Die Polizisten haben’s erzählt, als sie die anderen ins Polizeiauto gebracht haben. Die Mirjam und ich wollten mit dem Bus wegfahren, aber da haben die auch schon gewartet. Ich bin noch abgehauen, aber die Mirjam haben sie verhaftet. Mit Handschellen und allem.“

„Lucky, ich hab schon ein Ticket. Ich muss in die Schweiz. Es tut mir leid, aber ich kann nicht –“

Lucky sieht mich an, als hätte ich mir gerade eine Maske vom Gesicht gezogen und darunter wäre ein anderer Mensch zum Vorschein gekommen. Er holt tief Luft. Dann steht er auf und gibt mir meine Cola zurück. Im Stehen fängt er an zu schwanken und knickt in die Knie. Ich springe schnell auf und fange ihn.

„Was ist los?“, frage ich. „Was brauchst du?“

„Zucker“, haucht er mit blassen Lippen. „Traubenzucker.“

[redacted]! Ich lege ihn auf die Bank und renne los. An der Imbissbude liegen Traubenzuckerwürfel an der Kasse. Ich schnappe mir eine Handvoll und rase zurück zu Lucky. Schon im Rennen mache ich einen Würfel auf, falle neben der Bank auf die Knie und stecke ihn Lucky in den Mund. Er lutscht.

„Hey!“, ruft eine Stimme hinter mir. „Hey, du!“

Es ist der Verkäufer von der Bude. Er bleibt stehen, als er sieht, dass ich nicht weiterrenne. Er begutachtet Lucky, fragt sich, ob das ein [redacted] Trick ist. Er legt mir die Hand auf die Schulter, damit ich nicht abhaue. Ich schüttle ihn ab und wische Lucky den Schweiß von der Stirn. Er fängt an zu zittern. Leute versammeln sich um uns und murmeln besorgt. Ist mir [redacted]egal. Ich ziehe Noahs Hemd aus und decke Lucky damit zu.

Eine Tür schwingt auf: Noah und ich im Tiergarten mit dem kleinen Hasen. Ich fühle mich wie die [redacted] Brücke bei Quebec, kurz vor dem Zusammenbruch. Als könnte ich mein [redacted] Eigengewicht nicht mehr tragen. Das muss ein Fehler sein, ein [redacted] Rechenfehler.

„Was hat denn der Kleine?", fragt der Verkäufer. Inzwischen stehen auch andere Leute um uns herum.

„Diabetes", sage ich knapp.

Lucky lutscht weiter mit blassen Lippen an dem Traubenzucker, macht den Mund auf. Ich schiebe den nächsten Würfel nach.

„Würden Sie bitte einen Krankenwagen rufen?", frage ich ihn. Na klar weiß ich, was das heißt. Ende der Flucht. Das war's. Die nehmen mir den [redacted] Pass ab, stecken mich ins nächste Heim und das war's. Kein Noah, kein Dante, kein Lucky. Ich hab meine Wildcard verspielt und meinen letzten Chip auf die falsche Zahl gesetzt. Ist egal. Ist [redacted] egal.

Der Verkäufer guckt immer noch [redacted] misstrauisch, aber eine Frau hinter ihm zückt ihr Handy. „Wie alt ist dein Bruder denn?", fragt sie.

„Sechs", sage ich.

„Fast elf", haucht Lucky, und ich lache. Offenbar geht es ihm besser.

„Ich bezahle für den Traubenzucker“, sage ich zum Verkäufer.

Er winkt ab. „Schon okay“, sagt er, sieht Lucky an. „Gute Besserung, Kleiner.“

„Ist dir nicht kalt in dem Unterhemdchen?“, fragt mich eine andere Frau.

Ich schüttle nur den Kopf und halte Luckys Hand, schiebe den nächsten Traubenzucker nach.

Zehn Minuten später kommen zwei Rettungssanitäter. Da sitzt Lucky schon wieder aufrecht und hat etwas Farbe bekommen. Sie stellen ihm Fragen, messen seinen Blutdruck, seinen Blutzucker, und dann fragen sie das, was sie fragen müssen:

„Wo sind denn eure Eltern?“

„Wir sind heute allein unterwegs“, sage ich. „Zum ersten Mal.“

„Okay, dann gebt uns mal die Nummer von euren Eltern. Wir bringen den jungen Mann sicherheitshalber ins Krankenhaus“, sagt einer von ihnen.

„Wir wohnen im Saakser Internat“, sage ich. „Die Nummer kann ich nicht auswendig, aber die steht im Netz.“

Sie heben Lucky auf eine Trage, die viel zu groß für ihn ist. Darauf sieht er noch kleiner und blasser aus. Und dann schieben sie ihn zu den Aufzügen. Ich lasse seine

Hand nicht los. Nicht eine [redacted] Sekunde. Als wir in den Aufzug steigen, hält der Zug nach Freiburg am Gleis. Ich schaue zu, wie die Zugtüren sich öffnen, während sich die Aufzugstüren schließen, und verabschiede mich im Stillen von Noah.

Im Rettungswagen googelt einer der beiden Sanitäter nach der Nummer des Internats, während der andere Lucky eine Nadel in den kleinen Arm schiebt und einen Infusionsbeutel aufhängt.

„Wie heißt das Internat?“, fragt der andere. „Sargs?“

„S-A-A-K-S“, buchstabiere ich.

Er runzelt die Stirn. „Das gibt's nicht“, erklärt er. „Es gibt nur eine Saakser Spitze, das ist ein Berg. Und eine Saakser Seilbahn.“

Ungeduldig nehme ich ihm das Handy ab und suche selbst. Aber er hat recht: Es gibt kein Saakser Internat im Internet. Es gibt Fotos davon, als es noch ein Hotel war, aber es gibt keine [redacted] Homepage, keine Artikel, gar nichts.

„Versteh ich nicht“, sage ich.

Ich suche nach Nadin Halbach und finde ein Foto von ihr, aber das ist von ihrem früheren Job. Irgendwas mit Management. Nichts davon, dass sie ein Internat leitet. Ich suche nach Louisa Krevic und finde ein Foto von ihr aus einem Zeitungsartikel. Sie hatte ein Restaurant in

München und irgendwelche Auszeichnungen bekommen. So ein ganz schickes, teures Ding. Nichts davon, was sie jetzt macht, nichts über Saaks. Also suche ich nach Ihnen. Wie viele Dr. Dr. Marvin Mergens kann es denn schon geben?

Stellt sich raus: Sie sind [redacted] berühmt, verdammte [redacted]! Ich mein – hallo! Sie haben acht Bücher über Kinderpsychologie veröffentlicht. Und Ihre Doktorarbeiten kann man auch kaufen. Und Sie waren Leiter der Psychiatrie in der Charité in Berlin. Wie zum [redacted] Himmel sind Sie in einem [redacted] Internat am Ende der Welt gelandet, das noch nicht mal eine [redacted] Homepage hat?

Aber bei Ihnen gibt's unter Ihrem Eintrag auf der Charité-Seite eine Handynummer. Die rufe ich an. Der Sanitäter beobachtet mich ungeduldig. Es läutet zweimal, dreimal, dann –

„Mergen."

Ich hole tief Luft. „Hallo, Papa, ich bin's, Enni", sage ich. „Krieg jetzt keinen Schock, okay?"

Bitte, [redacted] bitte!

„Okay."

In dem Moment könnte ich sie [redacted] umarmen!

„Lucky hat einen kleinen Zuckerschock gehabt. Es geht ihm wieder gut, aber ich bin mit ihm in der Ambulanz und die bringen uns ins Krankenhaus …“ Ich sehe den Sanitäter fragend an.

„Sankt Elisabeth“, sagt er. „In Fraugräfingen.“

Ich wiederhole, was er gesagt hat.

„Alles klar“, sagen Sie. „Dann hole ich euch dort ab. Ach und Enni – ist euer anderer Bruder zufällig auch in der Nähe?“

„Äh … was?“

„Noah …“

Wenn Sie sonst noch was gesagt haben, dann hab ich's nicht gehört, weil die Wellen in meinen Ohren sich überschlagen haben.

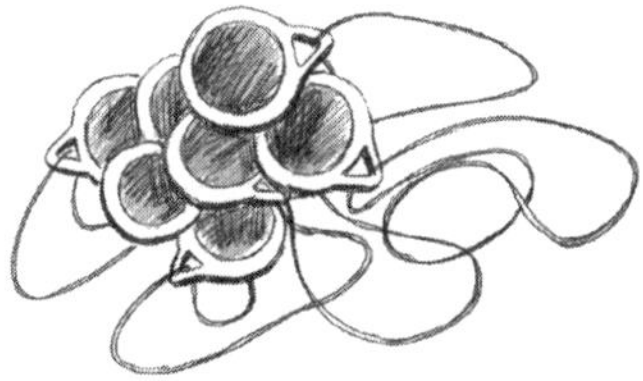

ALLES AUF BLAU

Lucky schläft hinten in Ihrem Mercedes auf dem ganzen Weg nach Saaks. Dabei zeigt sich, dass er das Schnarchen von seiner Mama gelernt hat. Ich bin froh, dass es ihm gut geht und dass er schläft. So verpasst er auch die dritte Höllenfahrt des Tages.

Ich wollte ja nicht gleich was sagen, aber Sie fahren [redacted] schnell. Ja, ich weiß, wir mussten die letzte Gondel kriegen, aber hat mich trotzdem an den Final Destroyer erinnert, was sie da in den [redacted] Kurven hingelegt haben.

„Die Haagens haben die Polizei verständigt", erzählen Sie mir auf der Fahrt. „Und die haben uns angerufen. Sie hatten natürlich gehofft, dass du weißt, wo er sein könnte."

Ich beobachte Sie von der Seite. Sie sehen nicht aus, als würden Sie was verheimlichen, aber dann … Sie müssen wissen, dass was [redacted] fischig ist im Saakser Internat.

„Wie hätte er mich finden sollen?“, frage ich. „Das Internat ist nicht im Internet. Er hat keine Nummer. Und seinen Handyvertrag haben seine Eltern gekündigt. Mein Handy hat die Halbach.“

„Tatsächlich haben wir dein Handy bei Lilith Waabs gefunden“, sagen Sie trocken. „Sie wollte uns nicht sagen, wie sie da drangekommen ist. Zuletzt war es in Frau Halbachs Schreibtisch in ihrem Büro.“

„Lilith hat nichts gesagt?“

Sie schütteln den Kopf. „Deshalb geht Frau Halbach davon aus, dass sie es aus ihrem Büro gestohlen hat. Stimmt das?“

Ich muss lachen. „Nein.“

„Wer war es dann?“

„Ich.“

Sie schnauben. „Ein Geständnis. Wie originell.“

„Hä?“

„Das wäre dann das vierundzwanzigste.“

Das verstehe ich erst, als wir im Internat ankommen. Natürlich erwischen wir die letzte Gondel. Immerhin sind Sie gefahren wie eine gesengte [redacted]. Sie tragen Lucky huckepack, und er schläft selig weiter und sabbert Ihnen dabei aufs Hemd. Jetzt sind Sie bestimmt froh, dass Sie mir Ihr Jackett gegeben haben, was?

„Aufwärts?“, fragt der Gondelführer.

Wir sind die einzigen Fahrgäste.

Ich lache. „Nur wenn's auf dem Weg liegt."

Er fährt los, mitten rein in die [redacted] Wolkendecke.

„Übrigens danke", sage ich zu ihm. „Wegen den Wölfen. Sie haben recht gehabt: die können das überhaupt nicht leiden, wenn man ihnen was vorpfeift."

Er kratzt sich am Kopf, überlegt, ob es ein Witz ist, weil wenn ja, dann versteht er ihn nicht. Aber ich hab über seinen gelacht, also lacht er über meinen.

„Ganz schön was los heute da oben, was?", sagt er dann zu Ihnen.

Sie nicken nur.

„Polizei und alles."

„Sind die noch da?", frage ich.

„Also ich hab sie nicht wieder runtergebracht", sagt er und lacht.

„Und wenn die die letzte Gondel verpassen?"

Er zuckt mit den Schultern. „Für Polizei kann man schon auch mal eine Ausnahme machen."

Über den Wolken ist die [redacted] Hölle los. Die Sekretärin läuft rum wie ein aufgescheuchtes Huhn in Stöckelschuhen. Und überall stehen und sitzen Internatsschüler. Als wir reinkommen, schauen sie auf und mich an. Dann geht die Tür zum Büro auf. Die Halbach kommt raus, völlig aufgelöst. Als sie mich sieht, verzieht sich ihr Gesicht kurz. Ich will nicht sagen „hasserfüllt“, aber das kommt schon so’n bisschen hin.

„Da bist du also“, sagt sie.

Hinter ihr kommt Ahmet Armut raus. Er schließt kurz die Augen, als er mich sieht. Wie einer, der bis zuletzt gehofft hat, dass es nicht regnen wird, obwohl er die schwarzen Wolken und die Blitze gesehen hat. Wie einer, der einsieht, dass er nass werden wird.

Und hinter ihm kommen Dante, Karan und Mattis aus dem Büro. Als sie mich sehen, hellen sich ihre Gesichter auf. Dante strahlt, mit sämtlichen Zähnen. Sieht aus, als würde die Sonne aufgehen. Sogar Karan lächelt. Und Mattis’ Mund verzieht sich zu einem schrägen Grinsen. Ist ein Anfang, [redacted] noch mal. Mattis’ Schwester sieht allerdings mitgenommen aus, als hätte sie geweint. Sie schlurft aus dem Büro und lässt sich in einen Polstersessel sinken.

„Enni Alser!“, ruft Frau Halbach. Ihre Stimme vibriert vor Zorn.

Erst jetzt sehe ich, dass vier Polizisten in ihrem Büro warten. Jetzt hat’s auch der letzte Depp kapiert, dass ich da bin und dass ich das

[redacted] Problem bin. Alle schauen mich an. Lucky wacht auf und hebt den Kopf.

„Enni?“, sagt er leise.

„Alles okay, Lucky“, sage ich und streichle sein Bein.

Da schießt auch schon seine Mutter um die Ecke und in [redacted] erstaunlichem Tempo auf Sie zu.

„Lucky, Lucky, Lucky!“, ruft sie und reißt ihn Ihnen fast aus den Armen.

Zu meiner riesengroßen Überraschung zieht sie mich

mit dem anderen Arm an sich. „Und du! Hast meinen Kleinen gerettet, komm her, du!"

Sie drückt mir Küsse auf den Kopf, als wäre ich ihre lang verlorene Tochter.

„Das reicht jetzt, Frau Krevic", ruft die Halbach. „Wir müssen uns mit Enni unterhalten."

Louisa fährt herum wie Speck an seiner Kette und klingt auch so ähnlich, als sie knurrt: „Jetzt [redacted] Sie sich mal nicht die Hosen voll, Halbach! Die Kleine hat meinem Jungen das Leben gerettet. Da werd ich ja wohl noch Danke sagen dürfen."

Ich mache mich trotzdem von ihr los. Besser, ich bring's hinter mich. Wenn die Bullen mich mitnehmen wollen, dann lieber gleich. Aber da halten Sie mich am Arm fest, sagen leise an meinem Ohr:

„Es ist mir egal, was du gleich da drin erzählst, aber ich würde gern die Wahrheit hören, wenn es dir nichts ausmacht. Ich hab dir versprochen, dass zwischen uns alles vertraulich bleibt. Aber ich glaube, ich hab es verdient, diese Geschichte zu hören, oder?"

Ich denke kurz darüber nach. Dann nicke ich. „Okay", sage ich. „Ich erzähl Ihnen alles. Aber erst morgen."

Sie sehen mich so ein bisschen misstrauisch an, aber dann nicken Sie. Sie wissen auch, wie man wettet. Und wie Sie sehen, haben Sie diese Wette gewonnen.

Ich gehe also ins Büro von der Halbach und dabei zwischen Dante, Mattis und Karan durch. Dante zieht sein T-Shirt am Halsausschnitt runter, als wollte er mir damit was sagen. Ich kapier's nicht. Karan streift kurz meine Hand und zieht seinen Halsausschnitt runter. Aber ich sehe nichts. Ich gucke sie nur verwundert an. An der Tür drehe ich mich noch mal zu Lucky um, der besorgt guckt. Hinter ihm an der Wand entdecke ich Lilith. Sie macht irgendeine komische Bewegung an ihrem Hals, als wollte sie sich die Kehle durchschneiden. Was soll denn der [illegible]? Und dann bin ich im Büro.

„Halt dich an Karan", sagt Dante.

„Halt den Mund!", schnauzt ihn eine Polizistin an.

„Ich muss doch sehr bitten!", fährt die Halbach sie daraufhin an.

Ich versteh zwar, was Dante meint: Ich soll die Klappe halten. Aber ich kapier trotzdem immer weniger, was hier los ist.

In ihrem Büro setzt sich die Halbach an ihren Schreibtisch vor den Bergen. Es ist immer wie beim ersten Mal hier drin: zu groß, zu schön, wie unecht. Eine Kulisse.

„Also", fängt Frau Halbach an. „Wir haben ein paar Fragen an dich."

Ich nicke.

„Wegen Noah?"

„Auch. Deine ehemaligen Pflegeeltern haben ihn vermisst gemeldet. Schon heute Morgen. Sie vermuten, dass er versuchen könnte, dich zu finden. Weißt du etwas darüber?“

Ich schlucke. Es tut mir so leid, Noah. Ich fühle mich wie die letzte [redacted] Ratte, dass ich ihn so leicht aufgegeben habe. Dass ich ihm nicht vertraut habe. Ich schüttle den Kopf und atme durch die Nase.

„Weiß er denn, wo ich bin?“

Frau Halbach sieht einen Polizisten hinter ihr an. Der räuspert sich. „Ein Kollege in Berlin hat uns gesagt, dass ein Noah Haagen seine Dienststelle kontaktiert hat. Er hat ein Geständnis abgelegt wegen des Diebstahls eines …“ Er zückt einen Notizblock. „Eines Schokoriegels.“

Das Rauschen fängt an. An den Rändern meines Sichtfeldes verläuft rote Farbe.

„Es war ein Nussriegel“, sage ich.

„Das spielt wohl kaum eine Rolle“, sagt die Halbach.

„Er wollte außerdem wissen, wo du bist“, fährt der Polizist fort.

„Und hat Polizist Dirk es ihm verraten?“, frage ich.

Der Polizist druckst herum. „Er hat vorgeschlagen, dass man dir erlaubt, ihn zu kontaktieren. Das wurde aus … verschiedenen Gründen nicht sofort umgesetzt.“

Verschiedene Gründe. [redacted] dich!

„Das ist nicht alles, worum's hier geht“, sagt die Halbach und guckt mich von hinter ihrer roten Brille böse an. „Jemand ist in meine Wohnung eingebrochen.“

„Ja“, sage ich und schlage damit Dantes Warnung zum zweiten Mal in den Wind. „Das war ich.“

Die Polizisten hinter ihr lachen leise. Die Halbach seufzt, nimmt die Brille ab und reibt sich die Augen.

„Dann hast du deinen BlueChip also auch im Apartment der Schulleiterin verloren?“, fragt die Polizistin.

Ich drehe mich zu ihr um, komplett neben der Spur.

„Ja“, sage ich. „Aber warum ‚auch‘?“

Die Halbach langt unter den Tisch und zieht eine Leinentüte hervor, kippt den Inhalt auf ihrem Schreibtisch aus: zwei Dutzend [redacted] BlueChips an schwarzen Bändern.

Ich starre auf den Haufen Chips und begreife. Ich schlucke und schlucke, aber das Meer in mir ist zu gewaltig, der Druck zu groß. Es schießt aus meinen Augen.

Seans Vater, der irische Gauner, war irgendwann wieder im Knast. Ist immer mal passiert, dass die ihn bei irgendwas erwischt haben. Hat er nicht weiter [redacted] tragisch genommen. Aber Sean hat's tragisch genommen. Und manchmal ist er dann ausgerastet. Hat wohl auch rotgesehen und Rauschen gehört. Ich hab ihn nie gefragt. Auf jeden Fall ist er nachts verschwunden und morgens ist er todmüde wieder aufgetaucht. An den Händen hat er ein paar Cuts gehabt und einen überm Auge. Und gleich danach sind die Bullen da gewesen, total [redacted] angepisst.

Haben erzählt, dass Sean die Fenster von Polizeiautos eingeworfen hat. Vor zwei verschiedenen Wachen. Vier Autos kaputt. Bei einem auch die Reifen aufgestochen. Ich hab's nicht cool gefunden. Die meisten anderen auch nicht. Ein Mädchen hatte sogar einen Onkel bei der Polizei.

Ich mein, die machen ihren Job, sind keine [redacted]. Irgendwo weißt du ja, dass du nicht in einer Stadt wohnen willst, wo jeder machen kann, was er will.

Aber darum ging's nicht. Sean war vierzehn. Strafmündig.

„Wir nehmen ihn mit", sagt einer der Polizisten. „Wird Zeit, dass ihm einer sagt, was passiert, wenn er sich aufführt wie sein alter Herr."

„Das war aber nicht Sean", sagt ein Junge, ein Heimi. „Der war die ganze Nacht hier. Ist gerade erst aufgestanden."

Der hat Sean gehasst. Die zwei haben sich dauernd geprügelt. [redacted] dauernd!

„Willst du mich [redacted]?", fährt ihn der Polizist an. „Ich hab den kleinen [redacted] gerade hier reinlaufen sehen, vor zehn Minuten. Guck ihn dir an. Der hat

Schnittwunden an den Händen und im Gesicht von den Scherben und von dem Messer, mit dem er die Reifen aufgeschlitzt hat."

„Nee", sagt ein Mädchen daraufhin. „Das ist vom Kartoffelschälen gestern Abend."

Sean hat gar nichts gesagt. Er stand nur da und hat vor sich hingestarrt. Vielleicht hat er nichts gehört wegen des Rauschens.

Die Bullen sind dann wieder abgezogen, kochend vor Wut. Aber sie haben's einsehen müssen: Kinder, die nirgendwo hingehören, sind nicht immer auf derselben Seite. Aber wenn es hart auf hart kommt, dann halten sie zusammen.

Deshalb weiß ich, warum da zwei Dutzend Chips auf dem Schreibtisch der Halbach liegen. Als hätten die hier drin Poker gespielt. Als hätte einer all seine Chips in den Pott geworfen. Oder alles auf Blau gesetzt.

Die Halbach hat einen [redacted] BlueChip in ihrem Appart-e-moh gefunden. Also wusste sie, dass derjenige, der bei ihr eingebrochen ist, keinen Chip mehr hat. Deshalb haben alle ihren Chip abgenommen und auf einen Haufen geworfen. Und als die Polizisten gefragt haben, wer den Einbruch begangen hat, hat jeder Einzelne gestanden. Deshalb haben Dante, Karan und Lilith mir ihren Hals gezeigt. Damit ich sehe, dass sie keinen [redacted] Chip tragen. Damit ich es weiß: dass sie auf meiner Seite sind. Dass sie mir den Rücken freihalten.

Ich meine – [redacted]! – ich kenne nicht mal alle Internatsschüler. Ich weiß nicht, wie sie heißen. Und trotzdem haben sie das für mich gemacht. Obwohl sie dachten, ich wäre abgehauen, haben sie auf mich gesetzt.

Ich sitze im Büro der Halbach und flenne wie ein Baby.

„Durchsuchen Sie sie“, verlangt die Halbach mitleidlos, steht auf und geht ans Fenster. Auch sie hat so eine Stimme wie Ahmet Armut. Auch sie ist es gewohnt, Leute rumzukommandieren.

„Würdest du bitte mal aufstehen?“, fragt die Polizistin nicht unfreundlich.

Der Pass! [redacted]! Albas [redacted] Pass!

Ich ziehe Ihr Jackett aus. Ein Polizist nimmt es mir ab, durchsucht es, findet Ihr Portemonnaie.

„Das hab ich nicht gestohlen!“, rufe ich schnell. „Dr. Mergen hat mir seine Jacke gegeben.“

Der Polizist nickt, glaubt mir.

Ein anderer durchsucht meinen Rucksack, findet das Geld und das [redacted] Bahnticket. Er sieht mich fragend an. Ich sage nichts. Wozu auch? Gleich findet er den Pass, dann wissen sie sowieso alles. Aber er räumt den Rucksack komplett aus und findet ihn nicht. Ich bin genauso überrascht wie die Halbach.

Die Polizistin tritt vor mich. „Würdest du bitte mal die Arme ausbreiten?“

Ich tue es. Sie sieht mich skeptisch an. Wo sollte ich denn was versteckt haben? Ich habe mein Unterhemd und die alten Jeans an, die an den Knien zerrissen sind. Dazu die Lederstiefel. Ich schlüpfe aus den Stiefeln, schieße sie zu einem Polizisten.

„Mann, die würden ja mir passen“, sagt er. „Sind auch ungefähr so alt wie ich, verdammte [redacted]!“

„In Saaks darf man nicht fluchen“, belehre ich ihn. „Jedes Schimpfwort kostet 50 Cent oder eine halbe Stunde Arbeitsdienst.“

„Okay“, sagt er und grinst. „Sorry.“

Die Polizistin tastet meine Jeanstaschen ab. Sie findet nur Traubenzucker und meine Tageskarte für den Magic Place Park. Sie sieht die Halbach vorwurfsvoll an. „Ich nehme an, Sie verstehen, wenn ich bei einer Elfjährigen keine Körperöffnungen untersuche. Geschluckt wird sie den Pass ja wohl nicht haben.“

Die Halbach und ich sehen einander an. Wir verstehen’s beide nicht. Wir wissen beide, dass ich den [redacted] Pass gestohlen habe. Und dass ich ihn haben müsste.

Da fliegt die Tür auf und Alba Halbach kommt atemlos ins Büro. Sie schwenkt ihren Reisepass.

„Mama!“, ruft sie. „Ich hab ihn! Ich hab ihn gefunden!“

Frau Halbach, die Polizisten und ich starren sie an.

„Wo?", haucht die Halbach.

„Äh … er war in der Schublade, wie immer", sagt Alba verlegen. „Du hast nicht richtig nachgeguckt."

Die Polizisten drehen sich um wie ein Mann und sehen die Halbach ungläubig an. Es ist ein Moment wie der an der Imbissbude am Großen Stern. Als ich den Nussriegel gefangen hatte. Keiner weiß, wie er reagieren soll, also reagiert keiner. Bis Frau Halbach hervorwürgt:

„Wie bist du denn darauf gekommen, da noch mal nachzusehen?" Ihre Stimme bricht dabei.

„Louisa hat gesagt, wir sollten uns lieber ganz sicher sein, dass wir niemanden falsch beschuldigen und dass auch wirklich was fehlt."

„Louisa", quakt die Halbach. „Und wie hast du die Schublade aufgekriegt, Schatz?"

„Die war offen", sagt Alba.

Ich schaue an ihr vorbei durch die Bürotür. Ich muss mir den Hals ein bisschen verrenken, aber dann sehe ich sie: Louisa Krevic hat Noahs weißes Hemd über dem Arm. Das Hemd, das ich Lucky statt seinem verschwitzten T-Shirt angezogen habe. Das Hemd mit den Brusttaschen, in die ein [redacted] Reisepass passt. Lucky ist nicht da. Aber in einer Ecke steht Karan mit einem leeren Sportrollstuhl. Er hebt die Hand und winkt mir.

Ich lache. So richtig. „[redacted]!", sage ich. „[redacted], [redacted], [redacted], [redacted], [redacted]!"

„Enni!", schreit mich die Halbach an. „Jetzt reicht's aber."

Ich stehe auf, nehme meine Geldscheine von der Kommode, wo der Polizist sie hingelegt hat, und packe sie der Halbach auf den Schreibtisch, alle.

„Das ist für die sechs [redacted] eben. Und seins spendier ich auch." Ich deute mit dem Daumen auf den Polizisten, der sich schnell wegdreht, um sein Lachen zu verbergen. Ich zwinkere der Halbach zu. „Geben Sie mir einfach Bescheid, wenn's aufgebraucht ist."

ZU HAUSE

Als ich in mein Zimmer komme und das Licht einschalte, sehe ich gerade noch, wie ein buschiger grauer Schwanz in dem Loch in der Wand verschwindet, wo mal eine Steckdose war.

„Hallo, Geist“, sage ich. „Tut mir leid, dass ich störe. Aber ich fürchte, du hast wieder eine Mitbewohnerin.“

Dabei fällt mir ein, dass die Polizisten mir den Traubenzucker zurückgegeben haben. Ich packe einen Würfel aus und lege ihn vor das Loch in der Wand. Es dauert zwar ein bisschen, aber dann erscheint ein pelziger grauer Kopf mit riesigen Knopfaugen und holt sich den Würfel. Ich hab keine Ahnung, was das für ein Tier ist. Sieht aus wie eine Kreuzung aus Eichhörnchen, Ratte und Uhu. Aber kleiner.

„Brauchst dich nicht zu schämen, Geist“, sage ich. „Wir sind alle Freaks hier.“

Ich setze mich auf mein Ritterbett und sehe zu, wie unten im Tal die Lichter angehen. Es fühlt sich komisch an. Als wäre ich ewig weg gewesen. Als wäre ich schon immer hier.

Natürlich klopft es dann irgendwann an meinem Fenster. Hab schon drauf gewartet. Dante grinst mich an.

„Kann ich reinkommen oder schubst du mich dann wieder raus?"

Ich mache die Fensterflügel weit auf und er schwingt sich aufs Bett. Es klopft an der Tür. Karan und Lucky. Karan trägt ein riesiges Tablett. Darauf steht ein großer Geburtstagskuchen mit vierzehn kleinen und einer großen Kerze. Alle brennen und beleuchten sein Gesicht.

Beide lächeln mich an, und Lucky fällt mir um die Beine und drückt seinen Kopf in meinen Bauch.

„Geht's dir wieder gut?", frage ich.

Er nickt. „Ich darf Kuchen essen", verkündet er strahlend und zeigt mir einen roten Fleck an seinem Bauch. „Hab 'ne Spritze gekriegt."

Er drückt mir Noahs Hemd in die Hand und springt neben Dante aufs Bett. Karan setzt das Tablett auf dem Schreibtisch ab. Rundherum stehen Gläser mit Milch.

„Von der Mama", sagt Lucky.

„Hab ich mir schon gedacht", sage ich und setze mich ebenfalls aufs Bett.

Karan starrt den Geburtstagskuchen an. Dante sieht mich an, zieht die Augenbrauen hoch. Ich weiß, was er meint. Ich nicke.

Wir holen gleichzeitig Luft: „Happy birthday to you, happy birthday to you …“ Lucky stimmt mit ein. „Happy birthday, lieber Karan, happy birthday to you.“

Als wir fertig sind, beugt Karan sich vor und pustet die

Kerzen auf dem Kuchen aus. Er schließt kurz die Augen und wünscht sich was. Dann verteilt er die Torte auf die Teller und reicht sie rum.

„Also …“, sagt Dante mit vollem Mund. „Wann bist du auf die Idee gekommen, Lucky den Pass zuzustecken?“

Ich grinse ihn an. „Ich bin halt gut mit Plänen.“

„Einen [redacted] hast du geplant!“, ruft Dante und lacht. „Du hast ihn einfach im Hemd vergessen.“

„Beweis es!“

„Kann ich nicht“, gibt er sich geschlagen. „Und was war das für ein Wisch, den du Ahmet gegeben hast, damit er uns Mo leiht?“

Darüber muss ich kurz nachdenken. Dann schüttle ich den Kopf. „Wenn ich jetzt antworten muss, würde ich lügen. Wenn du die Wahrheit willst, musst du warten.“

Dante sieht mich überrascht an. Dann nickt er langsam.

„Okay.“

„Dann gehst du nicht weg?“, fragt Lucky glücklich. Er krümelt das ganze [redacted] Bett mit seinem Kuchen voll und ich wische die Krümel auf den Boden.

„Sieht nicht so aus“, sage ich.

Dabei weiß ich schon, dass ich heute Nacht wach liegen und mir Sorgen um Noah machen werde. Noah, der gar nicht gut ist mit Plänen.

„Gut", sagt Lucky. „Wenn wir heiraten, dann kann ich auch Torte essen. Hochzeitstorten sind noch größer."

Darüber lachen wir alle. Auch Karan. Bis er nicht mehr lacht. Weil er mit einem gewaltigen Satz auf den Schreibtisch springt. Wir starren ihn an, völlig überrumpelt. Und dann sehe ich es: Geist hockt auf dem Boden vor dem Schreibtisch, einen großen Kuchenkrümel in den Pfoten, und knabbert daran. Wir schauen erst Geist an, dann Karan, dann wieder Geist. Und Karan sieht uns an. Blankes Entsetzen in seinen vierzehnjährigen Augen, als ihm klar wird, dass er seine Ängste nicht für immer besiegt hat. Dass Angst der mächtigste Bully von allen ist, weil du ihr nicht die [redacted] einschlagen kannst. Du kannst sie nicht ein für alle Mal zum Teufel jagen. Weil sie in dir drin ist. Du kannst dich ihr nur jeden Tag aufs Neue in den Weg stellen, Fäuste geballt und kampfbereit.

„Ist okay", sage ich. „Echt jetzt. Nur totale [redacted] fürchten sich vor nichts. Außerdem sind wir doch alle [redacted] Psychos hier oben." Ich grinse ihn an.

Karan nickt. Das leuchtet ihm ein. Er macht einen Satz vom Schreibtisch und landet auf dem Bett zwischen uns. Die Matratze sackt ein und federt wieder hoch, dass Lucky sich am Bettpfosten festhalten muss.

„Was heißt denn jetzt Hakuna Matata?", frage ich Dante.

„Keine Sorgen“, erklärt Dante und grinst mich an. Zähne und alles. „Willkommen zu Hause, [redacted] Psycho.“

Wie ein unvermeidliches Echo breitet sich ein Grinsen auf meinem Gesicht aus. Newton gewinnt immer.

Und das ist alles, Dr. Mergen.

Vanessa Walder ist eine österreichische Buch- und Drehbuchautorin. Sie wurde 1978 in Heidelberg geboren, wuchs in Wien auf und legte dort 1996 die Matura ab. Danach studierte sie Rechtswissenschaften und arbeitete in einer großen Anwaltskanzlei. Während des Studiums arbeitete sie als freie Journalistin für verschiedene Zeitungen und Magazine. 2001 erschien ihr erster Roman. Vanessa Walder hat mittlerweile über 90 Bücher für Kinder und Jugendliche verfasst, die in 27 Sprachen übersetzt wurden. Seit 2009 lebt Vanessa Walder in Berlin in einem alten Haus am See.

Barbara Korthues, geboren 1971, studierte Illustration und Grafik-Design an der Fachhochschule Münster und anschließend Freie Malerei an der Kunstakademie Münster. Bereits während der Studienzeit begann sie, für verschiedene Kinder- und Jugendbuchverlage zu arbeiten und hat seitdem zahlreiche Bücher veröffentlicht.

FSC
www.fsc.org
MIX
Papier aus verantwortungsvollen Quellen
FSC® C014496

ISBN 978-3-7855-8901-4
1. Auflage 2019

Illustrationen: Barbara Korthues
Umschlaggestaltung: Ramona Karl
Printed in the EU

www.loewe-verlag.de